U0421002

走进中国战舰　致敬人民英雄

◎中国海军航母编队(胡锴冰　摄)

走进中国战舰丛书

远洋补给
千岛湖舰

高立英 著

华东师范大学出版社
·上海·

图书在版编目(CIP)数据

远洋补给千岛湖舰 / 高立英著. — 上海 : 华东师范大学出版社, 2024
(走进中国战舰丛书)
ISBN 978-7-5760-4740-0

Ⅰ. ①远… Ⅱ. ①高… Ⅲ. ①纪实文学—中国—当代 Ⅳ. ①I25
中国国家版本馆CIP数据核字(2024)第012962号

走进中国战舰丛书
远洋补给千岛湖舰

著　　者 高立英
策划编辑 王　焰　曾　睿
责任编辑 曾　睿
责任校对 李琳琳
装帧设计 文　正

出版发行 华东师范大学出版社
社　　址 上海市中山北路3663号
邮　　编 200062
网　　址 www.ecnupress.com.cn
电　　话 021-60821666　行政传真　021-62572105
客服电话 021-62865537　门市(邮购)电话　021-62869887
地　　址 上海市中山北路3663号华东师范大学校内先锋路口
网　　店 http://hdsdcbs.tmall.comn

印 刷 者 青岛新华印刷有限公司
开　　本 710×1000毫米　1/16开
印　　张 16.5
字　　数 168千字
版　　次 2024年4月第1版
印　　次 2024年4月第1次
书　　号 ISBN 978-7-5760-4740-0
定　　价 128.00元

出 版 人 王　焰
(如发现本版图书有印订质量问题,请寄回本社客服中心调换或电话021-62865537联系)

中国海军正青春

暮春白马庙，绿柳依依，烟雨蒙蒙。

脚步叠着脚步，一群朝气蓬勃的学子畅游其间，用好奇的目光向历史深处眺望，探寻着人民海军诞生的那段峥嵘岁月。

1949—2024。与共和国同龄，人民海军今年75岁了。

75岁，对于一个人来说，已过古稀之年。

75岁，对于一支海军来说，实在是“青春芳龄”。环顾世界，英国皇家海军成立470多年，美国海军成立220多年，而人民海军诞生仅仅75年。

往事并不如烟。站在75周年这样一个值得庆贺的时刻，我们将目光投向这段距离我们很近很近的历史，投向一艘艘中国战舰，人民海军成长的“青春足迹”每一步都如此清晰，令人热血沸腾。

75年前，在中华人民共和国即将成立的炮火硝烟中诞生的人民海军，其全部家当只有“几艘基本丧失战斗力的铁壳船和木船”。

75年后的今天，人民海军已昂首进入“航母时代”。

南中国海，战舰如虹，铁流澎湃，人民海军新时代的“靓照”惊艳世界。

75年，短短75年，人民海军搭乘共和国前进的“梦想巨轮”，创造了令人惊叹的“中国速度”。

75岁，中国海军正青春。

这青春魅力，“秀”在世界关注的目光里；这青春担当，“刻”在驶向深蓝的航迹里；这青春朝气，洋溢在海军官兵自信的眉宇间。

航母辽宁舰，中华神盾海口舰，明星舰导弹护卫舰临沂舰，友谊使者和平方舟医院船……挺进深蓝，一艘艘中国战舰破浪前行，为祖国人民的安全利益护航，为中华民族伟大复兴的征程护航——

在索马里海盗劫持的危急时刻，中国战舰来了，获救船员们自发地打起了致谢语“祖国万岁”；在也门战火纷飞、同胞生命危在旦夕的时刻，中国战舰来了，官兵们说“中国海军带你们回家”……

今天，站在历史与未来的交汇点上，中国战舰在深海大洋犁出的道道壮美航迹，不仅见证着中国海军75年的辉煌征程，也映照着中华民族向海图强的时代夙愿。

中国战舰，梦想之舰，热血之舰，青春之舰。

“以青春之我，创建青春之家庭，青春之国家，青春之民族。”百年前，中国共产党先驱李大钊的振臂高呼响彻历史的回音壁。

“现在，青春是用来奋斗的；将来，青春是用来回忆的。”今天，这个声音回荡在神州大地上，激荡在所有海军官兵心里。

护航中国，人民海军的青春担当。

汽笛声声，海浪奔涌。让我们一起走进人民海军的传奇战舰，聆听中国战舰上年轻海军官兵们的成长与奋斗、光荣与梦想，感受人民海军肩负使命、驶向深蓝的时代脉动。

走进中国战舰丛书

目　录

››› 引子

亚丁湾：中国护航战舰的“后勤总管”

声名远扬的中国海军千岛湖舰,究竟拥有怎样的传奇故事?

纵横四海,她既是海军舰艇走向深蓝的保障员,又是劈波斩浪突击在前的战斗员;既是远洋补给的支援多面手,又是7次执行护航任务的守护神。

勇闯大洋,她曾辗转万里搜寻马航客机,也曾日夜伴航守卫商船安宁,曾与多国海军联演竞技,也曾在异国港口展现中国风采。

千岛湖舰,我国自主设计建造的新型远洋综合补给舰首舰,舷号886,舰长178米、宽25米、高39米,满载排水量2万余吨。2003年3月下水,2004年4月入列。组建以来,千岛湖舰以“10个首次”开创海军纪录,勇闯大洋堪称补给标兵,被授予中国海军“远洋补给标兵舰”荣誉称号。

声名远扬的中国海军千岛湖舰,究竟拥有怎样的传奇故事?

纵横四海,她既是海军舰艇走向深蓝的保障员,又是劈波斩浪突击在前的战斗员;既是远洋补给的支援多面手,又是7次执行护航任务的守护神。

◎中国海军千岛湖舰(代宗锋 摄)

勇闯大洋，她曾辗转万里搜寻马航客机，也曾日夜伴航守卫商船安宁，曾与多国海军联演竞技，也曾在异国港口展现中国风采。

清晨，迎着朝晖，军港渐渐醒来。小扫除时间到了，千岛湖舰的甲板上，水兵鲁康放下拎着的红色水桶，一手握着绿色扫把，一手拿着白色抹布，开始忙碌。

鲁康看到战友们或蹲或站，或一丝不苟地冲洗甲板，或擦拭装备，或用小刷子和抹布给各种金属缆绳抹上黄色的机油用以防腐防锈。

舰上的地面用的是防滑涂料或者塑胶地板，大多时候，水兵们是用抹布而非拖把来清洁地面，需要蹲在地上擦。

对脚下这艘以“千岛湖”命名的万吨战舰，鲁康有着别样的情怀——自己从小就在浙江淳安的千岛湖边长大，那是一个有着“天下第一秀水”美誉的湖泊。

“我的家乡我的舰！”作为千岛湖舰的一员，鲁康有充分的理由为之骄傲自豪——

千岛湖舰能在除极地及冰区以外的可航行水道安全航行，能够抵御12级台风、11米巨浪，4层楼高的浪都能扛住。你说厉不厉害？

千岛湖舰的“肚子”很大，能装载许多物资，可以为目前海军大中型水面舰艇编队补给油料、水、食品、弹药等物资，甚至可以为三艘舰艇和一架直升机同时进行横向与纵向补给。这样的补给能力是不是令人称赞？

除了补给能力强，千岛湖舰拥有的其他功能也很多，有手术室、检验室、消毒室、X光室、病房、口腔诊室等医疗专业舱室，能开展海上普通门诊治疗和紧急外科手术。有了这些，“妈妈再也不用担心我在海上生病了！”是不是很令人安心？

自服役以来，千岛湖舰数下西洋，勇闯亚丁湾，亮剑太平洋，扬帆印度洋，横跨五大洲，环球访问众多国家。试问，这样的军舰怎一个优秀了得？

◎千岛湖舰航行在大洋上(代宗锋　摄)

千岛湖舰的传奇故事，还要从她入列那一年说起。

2004年，对于东部战区海军某作战支援舰支队的水兵来说，是难以忘却的一年。在人民海军55岁生日之际，舷号886的千岛湖舰正式入列。

千岛湖舰，是我国第一艘真正意义上的现代化远洋综合补给舰。与驱逐舰、护卫舰等作战舰艇前中后三个区域都布满武器装备不同，千岛湖舰的表面到处都是用于补给的高大龙门架、不同颜色的绳索、管道和操作台。

站在千岛湖舰的甲板上，一抬头就能看到一条条粗细不同的管道高悬在龙门架上，非常壮观。

2004年，千岛湖舰，成为水兵王至友人生中重要的时间坐标。他没有和家人朋友一起为雅典奥运会上的中国队发出高分贝的加油呐喊，而是坚守在千岛湖舰闷热的机舱里，聆听着来自军舰发动机铿锵有力的“协奏曲”。尽管这“协奏曲”并不悦耳，可王至友依然兴奋得“像打了鸡血”。

◎千岛湖舰补给部门紧张有序地进行补给准备(代宗锋　摄)

◎航行补给（张千　摄）

王至友记得，他们第一次接到执行实兵实装演习任务时，“人和装备还在磨合”。这种感觉，就像是接回来的新车，刚在马路上跑了两圈，就要去高速公路跑长途。望着大海深处，王至友和战友们心是“悬着的”。

茫茫大海上，这艘两万吨的巨舰显得“十分渺小”。巨大的风浪一会儿把她抛向波峰，一会儿又将她拍入浪底。波峰波谷之间，一根引缆从千岛湖舰发射而出，直冲向对面的军舰。

很快，索道架起来了，输油软管顺着索道滑了过去。一连串口令之后，对面的军舰开始“牛饮”，“油料”从千岛湖舰的油库中不断输出。

当输油软管再一次回到千岛湖舰时，舰上沸腾了——这次演练是全军首次实现舰艇航行中“两横一纵加垂直”综合补给。这也标志着，在短短1年时间里，千岛湖舰形成了强大的综合补给能力。

海明威在他的纪实文学作品《午后之死》中，提出了著名的“冰山理论”——“冰山运动之所以雄伟壮观，是因为它只有八分之一在海面上”。

冰面下的“八分之七”更有力量。海军中的辅助舰就属于冰山水线下的部分，不显山露水但又举足轻重。其中，补给舰号称海上舰队的“后勤4S店和加油站”。

一定意义上，一国海军中有多少艘补给舰，就说明这个国家的海军规模有多大；有多大的补给舰，就说明这个国家的志向有多远。

千岛湖舰的出现，翻开了中国海军远洋保障补给新篇章。

当年接装、当年形成战斗力，这是当时人民海军吨位最大的战舰——千岛湖舰创造的优异成绩之一。

对于一艘新入列的军舰来说，实战才是检验战斗力的唯一标准。

2009年8月6日，刚驶离中国海军护航区域不久的中国“振华25”号货船，在曼德海峡被3艘疑似海盗快艇跟随。危急时刻，编队指挥所决定与千岛湖舰接力指挥。

20分钟后，千岛湖舰就成功开设临时指挥所，指挥员更是大胆“吃螃蟹”，在海军护航行动中首次为直升机进行不停车加油。直升机抵达事发海域后,对可疑目标连发爆震弹。不到1分钟,疑似船只迅速逃离。

2010年12月,千岛湖舰正在给10多艘被护船舶编队,一艘小艇高速向编队前方的希腊籍货轮接近,最近距离仅有1海里。舰上的瞭望更,能清楚看见海盗举着挂梯准备攀爬。

千岛湖舰立即前出,连发爆震弹进行震慑。徐州舰也迅速调整航向,使用重机枪对海盗小艇进行扫射,并成功驱离。这是中国海军护航编队首次在亚丁湾对海盗开火射击。

◎千岛湖舰舰炮射击(代宗锋 摄)

一艘货轮在解护后，向千岛湖舰致电感谢："是你们让我们在这片危险海域航行时，心里有了依靠！"

也正是在那片海域，千岛湖舰开启了中国海军远洋补给的新时代，开创了我海军首次与外军展开航行补给演练的先例，创下了首次远海夜间三舰并靠补给、首次进入红海海域护航、首次与外军舰艇进行航行补给演练等"10个首次"，刷新了海军单舰执行护航任务时间最长、完成任务次数最多的两项纪录……

从2004年入列以来，千岛湖舰紧盯海军转型推进建设，聚焦远洋保障提升能力，牢记深蓝使命强化担当，在远海大洋留下一串串闪亮的航迹——

2014年3月11日，千岛湖舰接到紧急通知：出发搜寻马航MH370失联客机。

千岛湖舰48小时备便物资器材，提前4小时起航，奔赴泰国湾、新加坡以东、苏门答腊岛西南、印度洋南部等海域执行马航失联客机搜救任务。

在两个月的任务期间，千岛湖舰转战上千海里，既当"保障队"又当"战斗队"，先后为20多艘次军舰、商船实施补给，搜索海域数万平方公里，实现首次大规模远洋联合搜救，搜索面积、持续时间都属空前；首次在临界海况下昼夜综合补给，补给数量、作业效率均创纪录。

千岛湖舰，不仅能为国内多种型号舰船补给，还与多国海军展开过航行补给演练，是名副其实的"支援多面手"。

◎济南舰占领千岛湖舰左舷液货补给阵位(代宗锋 摄)

2014年6月，刚刚结束马航搜寻任务不久，千岛湖舰就起航赴美国夏威夷，参加“环太平洋-2014”多国海上联合军演。

此次演习有22个国家的海军参加，历时近40天。作为中国海军“环太”的首秀，千岛湖舰先后参加了战术机动、海上搜救等7个项目的联合演练，赢得了多国海军官兵的一致点赞。

出海就是出征，远航就是实战。2015年4月，千岛湖舰随海军152编队执行第二十批护航任务。当年8月23日执行完护航任务后，直接转入环球访问任务。

此次任务，千岛湖舰行程52320海里，开创了人民海军一次任务停靠16个国家18个港口，航经世界三大洋五大洲、25个海峡和三大运河等历史性壮举。千岛湖舰的这次环球访问，行程之远、途经海域之广、时间跨度之长、访问国家之多和参加中外联演频率之高，均创人民海军历史之最。

入列以来，千岛湖舰始终秉承“忠诚、使命、士气、荣誉”的舰训，连续7年被评为军事训练一级单位，2011年、2012年分别荣立集体二等功，2015年被海军授予“远洋补给标兵舰”的荣誉称号。

当我们翻阅千岛湖舰的成长相册，细细品味那一个个高光时刻时，就会发现这样的景象：这些年来，千岛湖舰在深海大洋上犁出的航迹正是中国海军从近海走向深蓝的航迹。那一个个突破、一个个“第一”背后，蕴藏的是中国海军远洋保障能力的飞跃。

2020年春节，万家灯火燃亮之时，千岛湖舰默默巡航在祖国的万里海疆上。

帆缆二班班长穆建林清楚地记得，大年初一早上起来，他来到甲板后第一眼看到的那个场景——

在这片一望无际的海面上，见不到一艘船，连小渔船都回去过年了。此后，一连好几天的时间里，茫茫海面上只有中国海军千岛湖舰在坚守。

“虽然孤独，却无比光荣！”那一刻，一股神圣的自豪感涌上穆建林心头，“与这么多优秀的战友一起奋斗在保卫国家海洋领土完整的第一线，为祖国守护这来之不易的和平，让人民高高兴兴、平平安安地度过每一天，是我永生难忘的宝贵经历。”

正是因为有了这些“最可爱的人”,他们踔厉奋发,坚定执着、默默无闻地驾驭着不同类型的军舰,航行在一望无际的大洋上,守护着我们的一方国土,构成了中华民族最为壮丽的复兴景象之一。

如果要给千岛湖舰的诞生与成长贴一个标签,那么,“应运而生”最合适不过。生于大时代的他们,遇见了新时代,更不会辜负这个新时代。

◎航行中的千岛湖舰(代宗锋　摄)

››› 第一章

远洋补给:中国战舰走向深蓝必须迈过的一道坎

如今,经过中国几代科研人员的努力,一代代海上补给装置相继问世,逐步形成海上、空中、岸海衔接的立体综合保障链,我国海军舰艇综合保障能力实现历史性跨越。“路漫漫其修远兮”,在实现中华民族伟大复兴的新征程中,随着人民海军不断发展壮大,中国未来的远洋补给舰队也将成为维护中国海上权益的重要支柱之一。

（一）这是一道简单的数学题

只要没有工作任务，宋良会抓紧一切时间练习一件事：抱“孩子”喂奶。

这是这位新晋奶爸的一个心结。出海一回到家，宋良就迫不及待地抱起儿子以慰相思之苦。可因为抱孩子方法不佳，儿子在他怀里总是哭闹不停。于是，在舰上，宋良把自己的枕头当成“孩子”，对照着出海前从网上下载的教程，练习如何抱着孩子喂奶。

宋良觉得自己“不是一个称职的奶爸”，但他绝对是一名称职的海上补给能手，他的工作是将补给物资“喂”给受补舰船。

他来自千岛湖舰——那条被网友称为海军战舰“超级奶妈”的

◎千岛湖舰正在进行横向补给（代宗锋　摄）

万吨大舰。

近几年来，我们常常被中国海军在世界大洋舞台上奉献的精彩“大片”所震撼：在亚丁湾海域解救被海盗劫持的船舶，在战火纷飞的也门撤离同胞，在南海阅兵场上发出威震海天的呼声……当我们仔细凝视这些震撼画面，就会发现在中国海军走向深蓝的每一个故事里，都有综合补给舰相伴左右。

如果在网络搜索引擎上输入“千岛湖舰”，我们很容易看到这样的图片——

◎千岛湖舰执行补给任务（代宗锋　摄）

3艘军舰正环绕在千岛湖舰的左、右、后方，千岛湖舰像一个圆心，发射出钢缆和软管，正为战斗舰艇输送保障物资。

其实，千岛湖舰成为这样“新闻焦点”的机会并不算太多。

千岛湖舰的一位舰长曾说过：“在中国海军挺进深蓝的舞台上，我们不是主角，但依旧光芒四射。未来海上战场，我们的存在并不是锦上添花，而是雪中送炭。”

为什么这样说？那还要从大海的颜色讲起。

根据活动海域海水的颜色，国际上通常把海军分为黄水海军、绿水海军和蓝水海军。涉足海域的海水颜色越深，代表一个国家海军的实力越强。

过去，有很多看得见的“链”，如第一岛链、第二岛链。曾几何时，中国海军指挥员最大的梦想就是早一天率舰冲出这些“链”，在远海大洋接受大风大浪的洗礼。

跨越这一道道“链”，对中国海军来说，既是地理上的跨越，也是心理上的跨越，更是成长道路的跨越。

砺剑远洋大海，一位指挥员的话语充满豪迈：第一岛链、第二岛链，不应是束缚中国海军发展的“锁链”，而应是走向远海大洋的“航标”。

不能制海，必为海制。不强海权，不强海军，中国就没有伟大的未来。

挺进远海大洋，做“深蓝”海军，是中国海军多年来为之奋斗的努力方向，也是当前应对多种安全威胁、完成多样化军事任务的时代课题。

◎千岛湖舰全景(韩林　摄)

水面舰艇需要驱逐舰、护卫舰这样的作战舰艇,也需要补给舰这样的辅助舰艇。作战舰艇,当然是水面舰艇的核心战斗力。但如果缺乏足够强大的辅助舰艇,就难以在深蓝色的大海中走得更远。

综合补给舰,是作战舰艇驰骋大洋的“移动加油站”。

对于大国海军而言,只有具备远洋持续补给能力,才能走向“深蓝”。同时,从战略上看,大型综合补给舰才是作战舰艇真正的远洋战力倍增器。

从古老的运煤船到现代化的高速综合补给舰,自第二次世界大战太平洋战场海上补给方式大规模应用以来,补给舰技术大大发展,可以进行纵向、横向、垂直综合补给,物资也涵盖了干货、液货等。

综合补给舰强大的舰队支援能力受到各国海军的重视,因此,在发展各类作战舰艇的同时,投入较大力量建设综合补给舰成为一种共识。

因而,中国海军要想从“黄水”走向“蓝水”,就必须具备海上补给能力。

其实,这就是一道很简单的算术题——过去,受制于远洋综合补给舰的数量,中国海军向远洋派出的舰艇编队数目非常有限,否则就要严格限制舰艇编队在海上的巡航时间。

在一定程度上,海上补给能力的强弱,决定了一支舰队能走多远、打多久。没有补给舰,就没有可靠的远洋战斗力;没有足够大、足够快的补给舰,就没有在远洋持续高强度作战的本钱。

就像一位老兵说的那样:“咱的油管延伸到哪,人民海军的胜利就能延续到哪!”

英国《每日邮报》在2017年10月刊发的一篇报道引爆世界媒体圈,标题是《红色十月! 价值1.8亿英镑的最先进的中国军舰沿泰晤士河而上》。这是中国海军首次访问英国。综合补给舰高邮湖舰成为中国留学生朋友圈的主角之一,这方流动的国土也带给他们满满的安全感……

毫不夸张地说,正是因为千岛湖舰和其他国产新型补给舰的接连服役,解决了长期以来我国缺乏现代专用综合补给舰的问题,中国海军才得以成为一支真正意义的蓝水海军,迈向远洋。

(二)现代战场上的“海上多面手”

海上,风力8级,涌浪把千岛湖舰一会儿抛向波峰,一会儿拍入浪谷。

发射引缆、海上架索、放出软管……一个个口令相继从千岛湖舰指挥室发出。

茫茫大海上,“战争血液”从人造“血管”汩汩输出。

成功了!成功了!当受补舰艇和直升机缓缓离开后,千岛湖舰沸腾了。

◎涌浪中的千岛湖舰(代宗锋 摄)

时间回溯到2005年。现在看来平淡无奇的一次常规海上补给演练,在当时却意义非凡——

这是全军首次实现舰艇航行中“两横一纵加垂直”的立体补给,也标志着千岛湖舰在入列短短一年里形成综合立体补给能力。

千岛湖舰是国产新型综合补给舰的首舰，操作方法、装备性能、规章制度均无从借鉴。

在千岛湖舰首任舰长潘志强的记忆中，当时的情景宛如昨日——

接到装备后，他吃在舰上、睡在舱室，带着官兵逐个系统学，挨个部件过，实现了当年接装、当年形成战斗力。他们编写的操作规则和装备保养使用方法，至今仍在海军同型舰中推广。

远洋补给能力是大国海军战斗力的重要指标。经过系统的学习，千岛湖舰的第一代官兵成为人民海军新一代远洋“粮草官”。

经过一次次远洋实战磨炼，千岛湖舰的底气越来越足。

2014年4月，南印度洋某海域，浪高4米，风力达到9级，舰艇左右摇摆超过10度！

参加马航搜救任务的千岛湖舰，遇到了入列以来最恶劣的补给海况。

为“中华神盾”海口舰实施航行横向干货补给时，两艘军舰之间出现了明显的“船吸现象”。

懂行的人都知道，“船吸现象”有多危险！

1912年秋天，当时世界上最大的远洋轮船“奥林匹克”号正在大海上航行。在距它100米处，有一艘比它小得多的铁甲巡洋舰“豪克”号正在向前疾驶。

两艘船似乎在比赛，彼此靠得较拢，平行着驶向前方。忽然，疾驶中的“豪克”号好像被大船吸住了，竟一头向“奥林匹克”号撞去。

最后,“豪克”号的船头撞在“奥林匹克”号船舷上,撞出个大洞,酿成一起重大海难事故。

后来,人们知道,这次海面上的飞来横祸,是伯努利原理的现象。根据流体力学的伯努利原理,流体的压强与它的流速有关,流速越大,压强越小;反之亦然。

原来,当两艘船平行着向前航行时,在两艘船中间的水比外侧的水流得快,中间水对两船内侧的压强,也就比外侧对两船外侧的压强要小。于是,在外侧水的压力作用下,两船渐渐靠近,最后相撞。

由于较小的船,在同样大小压力的作用下,它向两船中间靠拢时速度要快得多,因此,造成了小船撞击大船的事故。现在,人们把航海上的这种现象称为“船吸现象”。

鉴于这类海难事故不断发生,而且轮船和军舰越造越大,一旦发生撞船事故,危害性也越大。因此,世界海事组织对两船同向行驶时彼此必须保持多大间隔、通过狭窄地段时小船与大船彼此应做怎样的规避等,做出了严格的规定。

这一次,千岛湖舰为海口舰补给过程长达6个小时,容不得半点马虎。

为此,千岛湖舰在时任舰长涂金虎的带领下,制订了10多项应急方案预案,科学指挥,有效沟通,实现了补给的无缝链接。

此外,在千岛湖舰执行马航失联客机返航途中,官兵们进行了多次反海盗实兵演练,提升了自我的战斗能力。

◎千岛湖舰为海口舰实施干货补给(代宗锋　摄)

“左舷65度,距离5海里,2艘可疑小艇正向我高速接近!”千岛湖舰时任瞭望更陈长来在驾驶室大声报告。

“战斗警报!”舰长涂金虎果断下令。顿时,千岛湖舰上响起刺耳的铃声。官兵们全副武装迅速冲上甲板,进入战位。

在远海大洋,几乎每一天都有类似的演练。从战场勤务到战斗支援,再到信息支援、指挥控制,千岛湖舰在多样化军事任务的锤炼中挖掘潜能,完成了凤凰涅槃般的成长,一个现代海战场“多面手”形象已经跃然眼前!

(三)远洋补给方式面面观

追溯世界补给舰船的发展历史,还要从几百年前的中国说起。

早在15世纪初,我国明代的伟大航海家郑和率领远洋船队第一次下西洋时,就有15艘粮船和20艘水船伴随其后。其中,粮船专门负责运输粮草、副食品;水船用来积贮运载淡水。这些船只有力地支撑着整个船队的物资补给。这种具有补给性质的专职船只的设立与制造,是人类航海史上的一项创举。

郑和船队是世界上最早建立的一支大规模的远航船队,也是一支史无前例的海上特混舰队。然而,由于当时技术条件所限,补给运输船舶只能在风平浪静的海面上进行停泊补给,而且主要靠人力来传递淡水和粮食等。郑和船队的专职补给船只是起到了辅助补给的作用,并没有形成规模供应,大量的补给还是要依托沿途经过的港口进行。

真正具有现代意义的海上补给方法与补给设施的诞生,是19世纪末20世纪初的事。

1898年,美国与西班牙之间爆发了美西战争。那时美国海军尝尽了不能航行补给的苦头——美国军舰在古巴港口封锁西班牙军舰时,需要重新加煤。可是,当他们在公海上加煤时,却碰破了运煤船。美国4艘战列舰中的1艘因靠港加煤未能投入战斗,失去追堵西班牙军舰的战机。

美西战争结束后，美国海军开始研制和试验了数种能在海上添加煤燃料的系统，这种系统安装在大型运输舰艇上就是现代大型补给舰的雏形。

1899年，美国海军工程师斯潘塞·米勒首先采用架空索道法，从运煤船“马哥鲁斯”号上向战列舰“马萨诸塞”号进行航行纵向补给试验，由此开创了海上纵向航行补给的先河。

1917年，美国海军采用舷侧索道法进行了航行横向加油试验，使海上航行补给又增加了一种新的方法。

第二次世界大战前的一段时期，燃煤蒸汽机是水面舰艇的主要动力。当时，补给作业主要就是使用小艇和起重机，将煤炭和其他物资运送到舰艇上。

第二次世界大战期间，水面舰艇的动力已变为燃油蒸汽机、柴油机等，燃料、水等液货可通过油水软管补给。不过，那时仍需小艇和起重机运送弹药、食品等干货。由于小艇航程有限，起重机大多只能在陆上使用，所以补给作业未摆脱陆地的“束缚”。

二战期间，美国海军专门组织多次战役，夺取合适的浅滩、避风海湾、环礁，就是为建立安全靠泊补给锚地，为水面舰艇提供补给。

在当时的补给作业中，陆地仍是绕不开的“中介”——大宗补给物资需先运送到补给锚地，然后再以其他方式运送到水面舰艇上。所以，那时各大海军强国的补给力量就是正式在册列编的运煤船、运油船和其他一些勤务船只。

在技术上，这些船只与民用船几乎没有差别，甚至有些就是直接采购的民用船只。为支持大规模海上作战,各国海军战时还会征用大量民间的货船、油船和邮轮等执行补给任务。

第二次世界大战爆发后,海上作战编队和运输船队的数量与活动范围日渐加大,需要进行海上补给的次数与任务也明显增多,补给船越来越成为各国海军中不可或缺的重要装备。

从20世纪50年代起,一些西方强国的海军开始研制、建造和使用各种新型补给舰船,出现了不少大型补给舰船和技术先进的补给设备。

1959年,在横向补给和纵向补给普遍使用的基础上,美国海军首次采用了直升机吊运货物,从此又增加了垂直补给这种新的补给方式,使海上补给得到了进一步的发展。

时至今日,海上航行补给的方式主要有纵向补给、横向补给和垂直补给几种。

航行纵向补给,是几种补给方式中最先采用的补给方式。这种补给方式是通过纵向补给装置,由补给船向接收舰进行物资传送,比较适合补给液体货物。补给时,补给船将连接软管的递缆和浮具由船尾一起掷入海中,接收舰捞起固定、对接后,按规定的液货补给方法实施补给。

航行横向补给,是补给船与接收舰横向列队航行,通过横向补给装置从补给船向接收舰进行物资传送的。具体来说,横向补给是通过高架索具来完成的。很多情况下,可以同时进行干、液货补给。

◎千岛湖舰为海口舰实施航行纵向燃油补给(代宗锋　摄)

◎千岛湖舰实施横向补给(代宗锋　摄)

◎千岛湖舰航行垂直补给现场(代宗锋　摄)

◎综合补给舰东平湖舰为导弹驱逐舰石家庄舰进行综合补给(胡善敏　摄)

航行垂直补给，实施的时间虽然不长，但近年来越来越为各国海军所重视。垂直补给的最突出特点是补给速度快，机动性强，补给距离远、范围大。很多情况下，航行垂直补给不受补给舰船航向、航速等条件的制约，而且还可以同时为多艘舰艇提供补给。

海上垂直补给方式可以分为悬吊、着舰、空投3种方法——

悬吊法是直升机在空中悬停状态下，利用机上的绞车放出带有快速脱钩的吊索或挂于直升机吊钩上的挂杆，将补给舰船上预先准备好的箱、桶、袋装物资悬吊到接收舰上。

着舰法是补给舰船将补给物资直接装于直升机内，然后起飞到接收舰船上，降落卸货。这种补给一般需要两次起落，补给时间较长；而且只有在海况较理想，舰船纵横摇角度较小的情况下，才能保证安全补给。

空投法是载运货物的直升机，飞临接收舰的上空，将货物空投于接收舰或舰附近的海面上，由接收舰船的工作人员进行回收或打捞。

现代补给舰的种类很多，主要包括油料补给舰（主要补给液体燃料和淡水）、综合补给舰（既能补给燃料和淡水，也能补充弹药及舰艇零件等）、快速支援舰（高速综合补给舰）。

与此同时，补给舰船越造越大。其中的典型是1964年美国海军建成服役的“萨克拉门托”号综合补给舰。这艘船的满载排水量达到了5.36万吨，是当时世界上最大的航行补给船。它的最大航速为26节，船上装有17.7万桶油、2150吨弹药、750吨干冷物品，并设有15个补给站，同时携带3架直升机用于垂直补给。

综合补给舰是现在各国海军的主力补给舰舰种。综合补给舰上载有多种补给物资,水面舰艇与其对接一次,即可获得所有补给物资。

快速战斗支援舰是美国海军为配合航母战斗编队的高航速和大编队而设计的,建造和使用成本高昂。快速战斗支援舰的动力系统强劲,航速远比一般综合补给舰快,能追上航母编队,为水面舰艇提供补给。

未来,补给舰船的航速、航行距离将有所增加,而且补给装备将进一步向通用化和标准化发展;补给手段也将更加多样化、立体化和快速化;与此同时,它的抗损能力和自卫能力也将得到更大提高。

不过,值得一提的是,无论综合性能较好的综合补给舰,还是航速高的快速战斗支援舰,物资运载量其实都远比不上使用成本低廉的民用船只。因此,在发展专用补给舰的同时,一些国家的海军也在探索利用民船补给水面舰艇。某些西方国家的海军就将一些补给装置安装在征用的民用油船上,将其快速改装为油料补给船,充实海上补给力量。

(四)我借"东风"向远洋

1980年5月,浩瀚无垠的南太平洋上,一支由中国18艘舰船组成的庞大舰船编队,分三路队形,浩浩荡荡,劈波斩浪前行着。6艘导弹驱逐舰航行在编队的两侧,为整个编队警戒、开道。此时,1艘

驱逐舰逐渐放慢航行速度，追随其后的1艘远洋补给船加速紧跟了上来。舰与船很快编成横队，并列着继续前进。“砰”的一声，只见补给船撇缆枪里射出一条缆绳，如同飞龙一般落到了驱逐舰上。一眨眼的工夫，船与舰的上空架起了一道钢索，软管迅速接通，方形的运货筐里装着燃油、淡水和主副食品，源源不断地输送到驱逐舰上。

太平洋上的远洋补给成功了！它标志着我国海上补给力量赢得了新发展，有力地保障了海上舰艇编队圆满完成任务。然而，这一切却来之不易。

◎千岛湖舰靠帮补给（胡善敏　摄）

早在20世纪60年代,中国在掌握原子弹的制造技术后,洲际弹道导弹及潜射弹道导弹等开始进入实质研制阶段,但洲际弹道导弹的射程超过中国陆地国土范围,只能向远洋发射,这就需要建造远洋测量船和其他的配套舰只。1967年,国防科技工业部门在经过多方论证后,提出了研制远洋航天测量船、护航舰艇和后勤补给船只等一系列配套舰船的计划。因开会时间是在1967年1月18日,所以该工程命名为“718工程”。

值得一提的是,为了保证洲际弹道导弹试验任务的顺利完成,必须在舰船编队海上航行中进行补给,保障燃油、淡水和食品的供

◎横向补给要求两舰航速协调一致,难度较大(胡善敏 摄)

应,增加编队的续航能力。因此,远洋补给船的研制成了关系到整个洲际弹道导弹试验能否最终完成的关键因素之一。

经过研制人员的共同努力,我国第一代远洋补给船首制舰于1977年开工建造,1979年5月建成服役,到1980年已有3艘同型船建成下水,成为当时我国最主要的远洋航行补给力量。

远洋补给船建造出来后,能否研制出补给装置又成为一个关键性的问题。补给装置分为纵向补给和横向补给两种。补给船和舰艇一前一后在航行中进行补给的纵向装置,已由海军和地方有关部门在1976年研制成功,并获得1978年全国科学大会成果奖。当时亟需研制补给船和舰艇并排航行中进行补给的横向装置,它能够极大加快补给速度,提高舰艇作战能力。但是,这种横向补给装置技术复杂,研制困难很大。

一切从零开始,接到任务的科研人员迎难而上,他们提出响亮的口号:“为中华民族争气!”“为祖国争光!”经过反复试验,不断改进,我国第一套横向补给装置诞生了,并获得了1979年国防科研成果一等奖和1980年国家质量的银质奖章。

1980年5月18日,包括3艘第一代远洋补给船在内,由远洋测量船、打捞救生船、科学调查船、导弹驱逐舰及远洋拖船等18艘舰船组成的庞大海上特混编队驶向了遥远的南太平洋。此次远航,是中国海军当时最大规模的远洋军事行动。在茫茫大海上,第一代远洋补给船成功进行了多次补给作业,为远航编队舰船补给了大量物资,为我国洲际弹道导弹试验任务的顺利完成做出了重大贡献。

进入20世纪90年代以后,中国海军的装备得到了很大改善,一批新型大、中型水面舰艇陆续服役,海军也加大了海上持续作战及远海航行能力等针对性科目的训练。海军舰队在远洋航行训练的同时,原先的第一代补给船在数量和技术水平上已不能满足新时期的作战需求,颇有“捉襟见肘”之感。因此,90年代初期,我国开始了第二代综合补给船的研制工作。其中,最有影响力和知名度的当属舷号为“885”的“青海湖”号大型远洋综合补给船。

◎青海湖舰全景(代宗锋 摄)

885号补给船的建成服役,标志着中国第一次拥有了现代化的大型远洋综合补给船,意义非凡。它一次可以为远航编队提供上万吨各种油料、数千吨淡水、主副食品及作战弹药消耗的补给,是第一代远洋补给船的一倍多。此外,885号具备了海上弹药补给能力,可在海上为我方作战舰艇进行弹药补给,从而极大地提高了海军的海上持续作战能力。

长期以来,第一代纵向加油装置存在流量小、自动化程度低、人员劳动强度大的缺点,尤其是在大风浪情况下操作困难,不能适应舰艇编队大洋航行及作战油料补给要求。为此,海军将该装置的研制改进作为重点科研课题,组织精兵强将进行奋力攻关。

经过多年的刻苦努力,科研人员成功地研制出舰艇航行新型纵向加油装置,进一步完善了大风浪条件下的舰对舰横向、纵向、空中全方位的油料补给方式,大大提高了作战舰艇的续航力和战斗力。为提高海军舰艇夜间航行补给能力,科研人员又采用国际先进微光夜视技术、激光测量装置等新技术,成功研制了海上航行夜间补给配套装置,填补了海上补给装备体系空白,满足了我国海军舰艇编队远航保障的需要。

2001年12月18日,黄海某海域,寒风凛凛,波涛汹涌。由大型综合补给船、导弹驱逐舰等组成的舰艇编队,抵达某预定演练海域。“纵向油料补给开始!”随着编队指挥员一声令下,6名操作人员跑步就位。“砰”的一声枪响,补给船的撇缆枪将与油管连接的缆绳抛向驱逐舰,驱逐舰的操作人员迅速将缆绳与拉管绞车连接好,220米长的输油管线便似蛟龙般劈波斩浪,游向驱逐舰。油管对接、冲气扫管、加油,一整套程序转眼间完成。

◎千岛湖舰实施航行中的纵向燃油补给,撇缆手发射引缆(代宗锋　摄)

如今,经过中国几代科研人员的努力,一代代海上补给装置相继问世,逐步形成海上、空中、岸海衔接的立体综合保障链,我国海军舰艇综合保障能力实现历史性跨越。“路漫漫其修远兮”,在实现中华民族伟大复兴的新征程中,随着人民海军不断发展壮大,中国未来的远洋补给舰队也将成为维护中国海上权益的重要支柱之一。

(五)千岛湖舰“首秀”技惊四座

2009年9月,一场代号为“和平蓝盾-2009”中俄海军护航编队联合军演正式展开。

◎千岛湖舰采取一横一纵加垂直的方式对任务舰艇实施补给(代宗锋　摄)

演练中,千岛湖舰保持航向航速与俄海军特里布茨海军上将舰以及我海军舟山舰、徐州舰摆出补给阵形,开创了我海军首次与外军展开航行补给演练的先例。

这一演练对于探索中国海军远洋保障模式、进行物资互补、开展合作护航,产生了重要意义。

当地时间早晨8时整,亚丁湾海空天高云淡、波澜不惊。"砰、砰、砰",随着三发红色信号弹迅疾升空打破海空的静寂,中俄护航编队"和平蓝盾-2009"海上联演拉开帷幕。

只见舟山舰、徐州舰、特里布茨海军上将舰时而排成单横队、单纵队、方位队行进,时而排成"前三角"队形劈波斩浪前行。

在进行海上机动演练的同时,我舰载直升机如同一只身姿矫健的战鹰盘旋升空,一次次从参演军舰上空呼啸掠过警戒巡逻。

10时整,旗语通信演练拉开帷幕。特里布茨海军上将舰上不时挂出表示不同意义的彩色旗组,其中既有热情洋溢的问候祝贺,也有严格缜密的指挥用语。

10时30分,俄海军护航编队布托玛综合补给舰和我海军徐州舰,护航编队千岛湖舰和俄海军特里布茨海军上将舰相继进入各自补给区域,中俄双方补给演练正式开始。

航行中,中俄补给舰和各受补舰齐头并进,犹如一对对配合娴熟的伙伴,很快就通过横向补给方式为对方战舰模拟进行油、水等补给,随后双方受补舰快速驶向前方海域。

◎旗语通信训练(代宗锋 摄)

(六)亚丁湾见证中国海军远洋补给能力的跃升

2021年5月15日上午,中国海军第38批护航编队从浙江舟山某军港解缆启航,前往亚丁湾、索马里海域接替第37批护航编队执行护航任务。

这次,为编队中导弹驱逐舰南京舰、导弹护卫舰扬州舰担任“超级奶妈”的是综合补给舰高邮湖舰。

“兵马未动,粮草先行。”对于游弋于蔚蓝大洋上的战舰来说,这句古语更为切中要害。这些看似“配角”的综合补给舰,实际上是提高主战舰艇战斗力、扩大其作战半径的绝对“主角”。

早在2009年1月,亚丁湾、索马里海域第一次出现中国海军的身影。当时,综合补给舰微山湖舰作为第一批护航编队成员位列其中。当武汉舰和海口舰回到祖国,微山湖舰紧接着承担起第二批护航任务,为深圳舰和黄山舰补给。

回望中国海军护航编队出征亚丁湾的十几年历程,作为编队不可或缺的“超级奶妈”,综合补给舰的身影从未缺席。其中,千岛湖舰7次参加护航,成为中国海军补给舰家族中当之无愧的“明星劳模舰”。

2015年,国务院新闻办发表的国防白皮书《中国的军事战略》指出,中国海军最新的使命任务为“近海防御、远海护卫”。

◎海军第二十批护航编队济南舰、益阳舰、千岛湖舰驶入亚丁湾海域(代宗锋 摄)

从“黄水”走向“蓝水”,强大的远洋综合保障能力是必要条件。因此,对于中国海军来说,发展与维护自身海洋权益相适应的综合补给舰是“刚性需要”。

2018年8月,综合补给舰洪泽湖舰退出现役。曾在舰上服役多年、现已回到地方的老兵陈家荣受邀再一次登上洪泽湖舰,与一起战风斗浪的“老伙计”告别。

站在洪泽湖舰甲板上轻抚船舷,一种温热直抵老兵内心。远眺海面,陈家荣眼眶湿润。这位补给老兵深知一艘强大的综合补

◎综合补给舰呼伦湖舰(代宗锋　摄)

给舰对中国海军挺进深蓝的意义,对退役的洪泽湖舰,他有太多不舍和留恋,但更多的是自豪与骄傲萦绕于心。

2017年,海军新型综合补给舰首舰呼伦湖舰正式入列。网友点赞说:“中国航母编队的最后一块拼图,补齐了。”

从洪泽湖舰到微山湖舰,从千岛湖舰到高邮湖舰,再到呼伦湖舰,折射出中国海军综合补给舰的发展历程。这些以中国湖泊命名的综合补给舰,不仅如湖泊般蕴含着丰富的物资和养料,更承载着祖国对人民海军走向深蓝的殷切期望。

(七)“这一代海军舰长眼中,不能再有陌生海域”

2015年4月3日,汽笛鸣响,潘志强第6次踏上前往亚丁湾的航程。

站在千岛湖舰驾驶室里,望着远方的海,潘志强感慨不已——

34年前第一次出海时,作为拖船操舵兵,他吐得胆汁都出来了。

34年后的今天,他率领着我国最先进的综合补给舰,劈波斩浪,驶向深蓝。

◎时任千岛湖舰舰长潘志强在补给现场指挥(代宗锋　摄)

对于他来说,这条昔日郑和下西洋的航线,变得熟悉而亲切。

护航任务重,潘志强率舰多次完成接护商船、远洋补给、联合演练任务,赢得各国海军同行的称赞。

谁能想到,这位与各国海军军官从容交流的指挥员,入伍之初因为乡音浓重,报数连“6”都说不清。为了练好普通话,他拿着《新华字典》学发音。

“学习力就是战斗力。”从那时起,学习改变着潘志强,让他从农家子弟一路成长为中国海军的舰长。

翻看履历,有人说:潘志强的成长是个“奇迹”。潘志强解释,他的成长“奇迹”,是中国海军快速发展的大时代所缔造的。

“我们这一代人是幸运的,赶上了好时代,成为走向大洋的‘排头兵’。”

“在我们这一代海军舰长眼中,不能再有陌生海域。”环球航行期间,不少海域和港口是中国海军舰艇首次到访。每一次,潘志强都带着官兵认真研究相关海域、港口的水文气象资料,并详细记录整理。

2015年中国海军环球访问,潘志强率舰到访16个国家的18个港口,穿越三大运河和26个海峡,实现了当时海军舰艇编队航程最远、出行海域最广、单批次任务时间最长、到访国家最多等四项之最。

潘志强对官兵要求严,对自己要求更严。他经常对舰上官兵说:“我们的身后是祖国,我们的一举一动不能给祖国脸上抹黑。”

那次,舰艇靠泊阿曼萨拉拉港休整,英国海军联络官登舰,希望能够与中国海军开展互动交流活动。请示上级后,潘志强答应了对方请求。

两国海军官兵在港口码头举行了多次文体联谊活动。千岛湖舰官兵的高素质,赢得了英国海军同行的认可。

“敬礼!”离开那一天,那名英军联络官专门带领官兵到码头告别。

这标准的军礼,传递着一份沉甸甸的尊重!看到这一幕,站在舰桥上的潘志强,自豪涌上心头。

第二章
世界综合补给舰明星知多少

补给舰一直面临航速、装载量的矛盾，解决方案是将补给舰分类，例如分成弹药补给舰、油料补给舰。但美国少有地发展了一种大而全的舰种——快速战斗支援舰，它具有排水量大、装载物品均衡、补给站数量多、拥有强大的航空保障能力、装备完善的防御武备等特点，专用于航母编队伴随保障。

（一）拖"女王"后腿的"奶妈"

当地时间2021年7月26日，英国"伊丽莎白女王"号航母打击群驶入南海，停靠新加坡，并与新加坡海军在南海以南国际水域进行演习。

这是该航母打击群首次部署到亚太地区。打击群中除航母外，还包括英国海军的两艘驱逐舰、两艘反潜护卫舰、一艘"机敏级"潜艇和两艘补给舰。

然而，眼尖心细的军迷很快发现，跟在"女王"号航母后面的主力油船"潮汐泉"号竟然是韩国建造的，而综合补给舰"维多利亚堡"号更是让人大跌眼镜——

2021年5月的一个清晨，英国皇家海军目前唯一一艘可以为航母打击群提供固体物资补给的"维多利亚堡"号在波特兰港发生一起火灾，4名船员被送往医院。

"维多利亚堡"号综合补给舰理论上航速只有20节。经历这次火灾后，它的航速更慢，犹如一个瘸腿的跛子，拖慢了整个编队的航行速度。

曾几何时，"维多利亚堡"号作为英国第一代综合补给舰也风光无限。1982年，英国与阿根廷在南大西洋爆发马岛海战。这次海战充分展现了现代战争中远洋后勤支援补给能力的重要性。战争中英国海军的远洋后勤支援能力经受了严峻考验，它派出的燃油补给船、弹药食品备品船和航空备品船为英军作战立下了汗马功劳。

当时,英国发现许多驱逐舰、护卫舰的弹药消耗量相当大,在每次补给燃油的同时还需要补给弹药。英国没有兼具燃油和弹药补给能力的综合补给舰,战舰不得不至少与两艘补给舰会合才能获得所需的全部补给品。

如若有综合补给舰,战舰则可节省许多补给时间,发挥更大的作战潜力。鉴于马岛海战的经验,英国海军仿效美、法等国,研制了第一代综合补给舰"维多利亚堡"号。

"维多利亚堡"号综合补给舰满载排水量36580吨,舰上共可装载12505立方米液体货物,还可以装载超过6000立方米弹药、冷冻货物等干货。

发展至今,英国最先进的综合补给舰是"波浪骑士"号,该型舰满载排水量不及"维多利亚堡"号,拥有16000立方米的货运空间。

然而, 20世纪90年代,当首舰"维多利亚堡"号建造好以后,英国海军却遇到了新问题——"奶妈"有了,而"娃娃"没了——

很长一段时间,曾经的海洋霸主、"日不落帝国"在21世纪没有航母可用,直到"伊丽莎白女王"号航母2017年正式服役。

"维多利亚堡"号综合补给舰的设计吸取了多国海军综合补给舰的经验,是全焊接钢结构船体,一次可装载上万立方米的液体货物和6000多立方米的干货。它的前、后两个船上建筑之间的部位,是主要的补给区,设有2个补给门架,左右舷共有4个干、液货双用横向补给站。同时,它的后部飞行甲板下面有一个纵向补给站,可用来进行垂直补给。

此外,“维多利亚堡”号综合补给舰有完备的航空设施、近程防御武器系统和应急着舰设施,这使它能在航母编队中更好地发挥作用。它拥有宽大的直升机起降平台和机库,可以搭载多架直升机,甚至在紧急情况下能够满足F-35B战斗机的垂直降落。

此次,“伊丽莎白女王”号航母打击群油水补给主要依靠“潮汐泉”号油船来完成。“潮汐泉”号是韩国为英国新建的4艘“潮汐级”舰队油船之一,也是专门为“伊丽莎白女王”号航母配套的舰只,满载排水量37000吨,采用柴电混合推进方式,最大航速可以达到26.8节,能够跟上航母打击群的速度。

“潮汐泉”号可容纳19000立方米油料和1300立方米淡水,甲板上还可搭载8个20英尺标准集装箱,并有一个48张床位的医疗区提供救护服务。

由于英国本土船厂和欧洲船厂人力成本贵,在2012年竞标中,皇家海军选择了价格便宜的韩国船厂负责建造。这也是韩国首次进入英国国防军备市场。

(二)“后继无人”的“神行奶妈”

传统的补给舰,一般航速都在15节至18节之间,能达到20节已经算是辅助船只中的“神行者”了。

美国海军的第一代快速战斗支援舰“萨克拉门托”号则以26节的航速保持着补给舰艇速度世界纪录。

补给舰一直面临航速、装载量的矛盾,解决方案是将补给舰分类，例如分成弹药补给舰、油料补给舰。但美国少有地发展了一种大而全的舰种——快速战斗支援舰，它具有排水量大、装载物品均衡、补给站数量多、拥有强大的航空保障能力、装备完善的防御武备等特点，专用于航母编队伴随保障。

1957年，美海军作战部长伯克提出了“一站式补给”理念，即战斗舰只接受一次补给就可以得到所有的消耗品。他们提出建造一种航速能与战斗群同步且能补充舰队所需各种物品的补给舰。

20世纪60年代，美海军研制出“萨克拉门托”号补给舰，这是世界上首艘综合补给舰，排水量51000吨，航速26节。它把一艘油船、一艘军火船和一艘军需船的使命全部集中到一艘船上，美军称其为“高速战斗支援舰”。该舰共设置有15个补给站，可以快速为航母补给燃油、弹药、生活物品等，堪称“超级奶妈”。

以前，“萨克拉门托”号既是世界最大的补给舰，同时也是世界航速最快的补给舰。服役后的“萨克拉门托”号奔波于各大洋，为前沿部署的美军航母特混舰队提供补给。它参加越南战争并获得了“流动超市”的称号。1976年和1981年，它分别加装了“海麻雀”和“密集阵”系统，大大提高了自卫能力。1996年，它被派往波斯湾，支持参加第一次海湾战争的美军舰艇。

“萨克拉门托”号计划服役期为35年，但由于优异的性能，深受美军欢迎，使用频率相当高，一直服役到2004年10月，其同型舰“底特律”号、“卡姆登”号和“西雅图”号在2005年陆续退役。

“萨克拉门托”号服役期间还曾发生过一次事故。1995年，“萨克拉门托”号参加“南方守望”和“警惕哨兵”行动。为“林肯”号航母补给时，它突然失去方向，撞向“林肯”号的右舷，撞坏了部分船员舱室，舰体的导航室也被撞了一个大洞。所幸，碰撞没有影响弹药库和燃油舱，否则后果不堪设想。这次事故，也再次警示我们：补给，真的很累也很危险！

为加强舰队航行补给能力，美国海军于20世纪80年代初研制了第二代快速战斗支援舰——“供应”级。“供应”级1994年2月开始服役，满载排水量为48800吨，可装载156000桶燃油、20000加仑淡水以及1800吨弹药、40吨冷冻物、250吨普通货物。尤其值得一提的是，“供应”级采用了4台燃气轮机的“豪华动力套餐”，航速25节，可以陪着航母编队尽情“狂奔”，补给舰用上了巡洋舰级别的动力设置。

如果说，快速战斗支援舰是航母的“贴身奶妈”，那么弹药补给舰、油料补给舰则扮演的是“女佣”的角色。利用一艘快速战斗支援舰对航母进行补给需要4个小时，而利用1艘弹药船和1艘油料船进行补给则需要6个小时以上。更短的补给时间，意味着更少的被动防御时间。

然而就是这样一种性能优异的舰艇，却面临“后继无人”的尴尬境地。美国计划研制新一代油料船，以彻底代替现有的快速战斗支援舰。

2020年12月12日，美国海军最新型补给舰首舰“约翰·刘易斯”号下水，新舰动力为2台柴油机，最大航速20节（如此低速意味着它根本追不上航母）。耐人寻味的是，该级舰几艘船的命名方式——

首舰为“约翰·刘易斯”号，舰名取自美国知名黑人民权运动领导者约翰·刘易斯，被民众称为美国国会的“良心”；第2艘名为“哈维·米尔克”号，哈维为前美国海军军官，加州历史上第一位公开的同性恋选举官员；第5艘名为“露西·斯通”号，舰名取自美国著名的演说家、废奴主义者和女权主义者，也是促进妇女权利的倡导者和组织者；第6艘为“索杰纳·特鲁斯”号，索杰纳是美国废奴主义者和女权活动家。

虽然军方一直对此强烈抵制，但新的快速战斗支援舰方案却迟迟未拿上台面，一代补给舰中的“战斗机”很有可能就此退出历史舞台。

究其原因，不难发现，是“一文钱”让美国海军走了回头路。诱人的作战效能背后，是高昂的采购和维护费用。

由于军费紧缩，昔日大手大脚的美国海军现在靠“裁员”过日子。“供应”级快速战斗支援舰一共建造了4艘。其中，最新的“桥”号1998年服役。不过，为节约经费，“桥”号已于2014年提前退役，目前处于封存状态。

除了钱，快速战斗支援舰面临窘境另有缘由：因为受补舰船有时以消耗油料为主，有时以消耗弹药为主，按需补给更灵活。使用快速战斗支援舰，则相当于要浪费一半的运力。

第三个原因则是美国海军全球战略调整，力求火力打击“短、频、快”，在短时间内饱和式攻击对手，“踹开门”后使用以无人载具为主的廉价攻击平台进行战场清扫，不再需要大型而又昂贵的作战平台深入敌方兵力活动的区域。如此一来，也就使快速战斗支援舰这样的装备在一定程度上失去了用武之地。

(三)神秘的“潜艇保姆”

2011年5月的一天,两艘低调而特殊的舰艇悄然出现在中国香港水域。香港特别行政区警方严阵以待,在美军上岸的湾仔分域码头附近派员巡逻,舰上挂起的中英文横幅上写着“禁区请勿靠近”,也不准汽车停泊。

到港的究竟是何方神圣,行踪如此诡秘?原来,是美国海军“洛杉矶”级、“汉普顿”号核攻击潜艇以及“弗兰克凯布尔”号补给舰到港休整。

20世纪70年代后期,美国海军为支援当时最新的“洛杉矶”级攻击型核潜艇,在“斯皮尔”级潜艇维修供应舰的基础上改进设计出“埃默里·兰德”级潜艇维修供应舰。

“埃默里·兰德”级潜艇维修供应舰共建造了3艘,满载排水量23000吨,母港都在太平洋关岛。虽然名为潜艇补给舰,但它也可以补给水面舰艇。事实上,其60%的任务实际上是在为水面舰艇进行补给。

军事观察家常用“核潜艇保姆”来形容潜艇维修供应舰,它就像是一座巨大的潜艇维护与保养“工厂”。从外观上看,船体采用长首楼船型,长首楼从船首几乎延伸到船尾。

构建有多系列修理车间是它设计的最大亮点。船“肚子”里是专为核动力攻击型潜艇提供服务的修理车间和供应品仓库。其中，修理车间多达50个，内有车、刨、磨、铣、钻、镗等多种机床，可加工任何部件。车间顶部装有单根轨道和移动吊车，可将重物从潜艇吊运进车间。船内还有一套专门设计的综合搬运系统，包括舱顶吊货轨道、升降机、传送机等，使得物品搬运非常便捷。

除使用船上电站供电外，船内还配备了应急发电机，以满足驾驶设备、内部通信等用电需要。另外，船上居住、医疗、娱乐及各种生活服务舱应有尽有，可供本船及维修潜艇上的船员使用。

“埃默里·兰德”级潜艇维修供应舰一艘可同时为4艘核攻击潜艇提供服务，因此，称它为“核潜艇保姆”再合适不过了。

尽管潜艇支援舰已经存在了100多年，但对许多人来说，它还是一个比较陌生的舰种。无论常规潜艇还是核潜艇的正常运作、训练、作战等都离不开它。

苏联海军也曾发展过潜艇补给舰船。为了最大限度地保证“台风”级核潜艇发挥战斗力，苏联海军曾委托“珊瑚”中央设计局设计了一型为“台风”在驻泊区直接实施导弹装载的专用技术保障船——11570型海上武器运输船。

其首舰命名为“亚历山大·布雷金”号海上武器运输船，1987年正式进入红旗北方舰队服役。它全长159.1米，满载排水量11440吨，最大航速16.5节。作为辅助船来说，“亚历山大·布雷金”号装备了极高规格的“军舰鸟-MA1”型三坐标对空/海搜索雷达，能够担负一定的海上雷达警戒哨任务，以保护核潜艇基地。

“亚历山大·布雷金”号的出现成为苏联海基核力量发展至巅峰的标志。伴随和见证了世界最大的“台风”级核潜艇成长与隐退,“亚历山大·布雷金”号1994年2月入厂接受维修,但由于缺乏资金,修理工作很快停止。直到2005年最终退役之前,它一直封存在修船厂码头旁,之后被拖到立陶宛一家船厂拆解。

(四)俄罗斯补给舰的“破冰”之旅

2020年1月22日,俄海军23130项目新一代补给舰“帕申院士”级首制舰在俄罗斯海军北方舰队正式服役。作为俄罗斯海军的“私人订制”,“帕申院士”号具备一定的冰区航行能力,可以在高纬度海域作战。

千呼万唤始出来。这是苏联解体后,俄罗斯新建的第一艘现代化综合补给舰,2014年于涅夫斯基船厂举行铺设龙骨仪式,正式开始建造,2016年下水舾装。“帕申院士”号的排水量14000吨,可以装载3000吨燃油、2500吨柴油,以及淡水和食品。

“帕申院士”号综合补给舰从外形上看,很像民用船舶,可以同时为两艘舰船进行液货—干货补给,主要用来补给柴油、航空汽油和淡水等货物,它还拥有直升机起降甲板,可以为舰艇进行垂直补给。

“帕申院士”号综合补给舰采用单轴推进、柴油机驱动。虽然它只是中型补给舰,但从其超过8000海里的续航力来看,也能够承担为编队提供远海补给的任务。

值得一提的是,这艘舰艇装备了从中国进口的综合补给系统,包括横向干货—液货补给设备,以及纵向补给设备等。

20世纪70年代，苏联海军先后建造了6艘“基里金”级和1艘“别烈津河”级综合补给船。

1975年4月20日下水的“别烈津河”级综合补给舰，以第聂伯河右岸支流别列津河命名，满载排水量超过35000吨，可装载16000吨燃油、500吨淡水和2000吨干货。

全长200多米、航速最大22节的“别烈津河”综合补给舰是“红海军”最大的一型综合补给舰。此型舰仅由苏联尼古拉耶夫船厂建造了一艘，主要使命是为舰队提供海上航行补给，支援舰队活动。它的出现，标志着苏联海军远洋水面作战编队巅峰时代的到来。

苏联解体后，“别烈津河”综合补给舰长期闲置趴窝，退役后已经成为“战舰坟墓”的一员，难逃被拆解的命运。没了大型综合补给舰的保障，俄罗斯航母出航，只能拖着一群油船在大洋上缓缓航行。

2009年，俄罗斯护航编队“鲍里斯·布托玛”号补给舰与中国海军护航编队徐州舰在亚丁湾进行了海上补给演练。“鲍里斯·布托玛”号补给舰，并非专门建造的补给舰，而是从民用“伟大的十月革命”级油船改装而来的。

“基里金”级补给舰共有6艘，分别是“鲍里斯·基里金”号、“鲍里斯·布托玛”号、“德涅斯特河”号、“金里奇·加萨诺夫”号、“伊万·布波诺夫”号和“符拉基米尔·科列奇特斯基”号。其中，首舰已经在1997年转给乌克兰，改回商用船只。

(五)日本的“航母奶妈”

2005年的一个春日,中国海军新型综合补给舰千岛湖舰在舟山某海港正式服役。

几乎同一时间,日本海上自卫队一艘舷号426的补给舰“近江”号(又名“淡海”号),悄然出现在长崎县佐世保海军基地。

日本九州岛西北岸的佐世保港,属长崎县,四周被山环绕,进口航道的西面又有五岛列岛作为屏障,是个天然良港。佐世保海军基地既是日本传统的造船基地之一,也曾经是日本旧海军的军港之一。

“近江”号是日本海上自卫队“摩周”级补给舰的二号舰。首舰“摩周”号则是2004年春天服役,现驻舞鹤海军基地。

“摩周”级补给舰,是日本海上自卫队的第三代综合补给舰,也是日本迄今为止吨位最大的补给舰,美军将其定位为快速战斗支援舰。它的排水量25000吨,使用了昂贵的全燃动力系统,最大航速可达25节,可以装载16000吨物资,包括燃油、弹药、干货、淡水等。

“摩周”级补给舰上有3座巨大的补给门架,每个门架左右各有两个补给站,舰体后部还有宽大的起降平台,可以存放和起降各型直升机。此外“摩周”级拥有完善的医疗设施,可以安置100多名伤员。据悉,此战舰的特殊之处在于,船员中包括2名女军官在内的19名女队员,这是经常负责长期航海任务的补给舰上首次出现女性日本船员。

“摩周”级服役后，日本防卫省统核幕僚监部的军官们毫不掩饰地透露说，有了如此大型的支援补给舰，执行海外作战行动就容易多了。

凭借强大的装载量和机动能力，“摩周”级拥有伴随航母编队作战的能力，是日本海上自卫队提升舰队支援能力计划的重要组成部分。它们的服役使得日本海上自卫队中大型支援战舰的数量增至5艘，并且确保日本诸岛各有一艘大型支援舰作为日本海上自卫队紧急出动的保障。

“9·11”事件发生的次月，日本迅速通过了有效期6年的临时法律《反恐特别措施法》，其中规定自卫队为执行反恐任务的外军提供协助。在这两艘“摩周”级补给舰正式服役之前，日本海上自卫队依赖3艘排水量不足万吨的中型补给舰“十和田”级补给舰保障在印度洋的“反恐怖行动”，同时还为美国和其他盟国海军提供“海上后勤支援”。因此，建造更大更快的补给舰也就提上了日程。

从2001年12月到2006年12月期间，日本为包括美国在内的多国军舰实施油水补给超过700次，获得了丰富的远洋补给经验。2017年9月，“摩周”号曾在日本海等地为美军宙斯盾舰补给了燃料。日本官方报道给出的解释是：为了节省美国军舰返航加油的时间，防止导弹防御网出现漏洞。

两艘“摩周”级补给舰，分别以日本北海道摩周湖（面积19平方千米）与滋贺县淡海（面积670平方千米，日本最大湖泊）命名。

日本海上自卫队还有3艘“十和田”级补给舰，舰长128米，宽

15.7米，吃水6.3米，标准排水量仅2900吨，动力为一具5000马力的三菱柴油机驱动单轴推进器，最大航速16节，服役都已经超过30年。2013年起，日本开始为“十和田”级补给舰进行延寿。

这三艘补给舰分别以日本青森县与秋田县交界的十和田湖（面积61.1平方千米）、山口县常盘湖（实则为1941年建成的一个水库）与静冈县滨名湖（面积65平方千米）命名。

其中，三号舰“滨名”号继承了退役的海上自卫队第一艘油水补给舰的舰名。这艘舰根据美国油船设计方案修改而来，船楼与烟囱分别位于舰首和舰尾，补给装置位于舰体中段，两补给桁之间有用来传递干货的传统吊杆，舰用燃油装载量约4000立方米、淡水装载量约1000吨。“滨名”号的舰首设有一门双联装40毫米机炮，充作防空与反水面的自卫武装。

（六）韩国的“昭阳”雄心

20世纪80年代，韩国经济崛起，作为半岛国家和出口导向型经济体，韩国认为迫切需要增加海军投入来匹配自身地位，于是开始摆脱黄水海军并尝试建造补给舰。

当时，韩国最大的水面作战舰艇，只是70年代相继得到的8艘“基林”级驱逐舰（3400吨），远洋补给需求并不大，所以配备的“天池”级补给舰只是一款入门级补给舰。

韩国“天池”级补给舰建有3艘，分别以长白山天池（中朝界湖，面积9.8平方千米）、大清湖（1980年建成的一个水库，面积38.9平方千米)、华川湖(1944年建成的水库,面积72平方千米)命名,全部由现代重工蔚山造船厂建造。

“天池”级补给舰舰长130米,宽17.8米,满载排水量9180吨,装备2台柴油机,总功率15600马力,最大航速20节。该舰能够装载4200吨油或水,外加450吨其他物资,两舷各有一个液货补给点和干货补给点,艉部一个补给点,补给时舰艉纵向补给,两舷横向补给。舰艉有直升机起降平台,可供中型直升机起降。

2018年9月8日,韩国釜山,韩国海军首艘新一代万吨级补给舰“昭阳”号正式服役。这艘补给舰(AOE-51　2018)以韩国昭阳湖(1973年建成的水库,面积70平方千米)命名,由现代重工蔚山造船厂建造。舰长190米,宽25米,吃水8米,满载排水量23000吨,最大航速24节,可装载10000吨油水和1050吨其他物资,是“天池”级补给舰的2.3倍以上。该舰两侧分别有3个补给站,舰艉有直升机起降平台,可供中型直升机起降。

“昭阳”号是韩国海军第二大舰艇,仅次于14500吨级的“独岛”号两栖攻击舰。该舰采用混合动力系统,与“天池”级补给舰相比,其具有低噪省油的优势。同时,其采用双层船体增强战场生存能力,并配备有近防武器、导弹对抗系统,且其消防能力也较前有所提升。

韩国海军希望,更大更快的“昭阳”号快速补给舰成为韩军的海上战略军需基地。韩军补给舰增至4艘后,大大拓展了海军活动范围。

(七)印度的远洋补给之“光”

2009年中国海军成立60周年时,一艘前来中国青岛参加庆典活动的印度“大块头”军舰引起了世人的关注——排水量超35000吨的“乔迪”号补给舰。

说来话长,印度海军最大也是最先进的补给舰“乔迪”号可谓中国海军“青海湖”号补给舰的“近亲”。

印度海军自成立以来的很长一段时间内,远洋补给船并不受重视。这主要是因为,印度海军当时的行动范围局限在印度大陆周边海域,远洋活动数量少。但是随着印度海军的发展,来自本土的补给越发困难,催生了远洋补给舰的需求。

苏联解体后,许多造舰项目都无法继续下去。于是印度海军看中了其正在建造的15966M型补给油船。这型船原本是设计用来为苏联航母提供补给保障的。于是,印度海军购买了俄罗斯1993年9月开工建造的三号船,并按照印度海军的要求对其进行了局部改装。

1996年7月,这艘舰被印度海军命名为“乔迪”号(印度语中,乔迪的意思为“光”,也是常用的女性名字)并开始服役,舰长179米,宽22米,排水量35900吨,航速18节,可续航20000海里,能在12级风力下安全航行。

先于“乔迪”号服役一个月的中国海军“青海湖”号补给舰,其前身也是苏联建造的同型号补给油船。不同的是,中国购买这艘船后，在自己的大连造船厂对它进行了改装。

“乔迪”号舰上装有可同时向几艘战舰进行补给并且可同时传送几种不同物资的设备。舰尾设有直升机平台，可供中型直升机起落，可以保障2000吨弹药，20000吨油料，800吨干货。舰上配有供编队指挥机关用的指挥舱室，供舰艇舰员休息的舱室，日常生活和文化生活用的舱室。为了防止被敌人突袭，它装备了近程防空导弹、高平两用机枪，以及小口径舰炮等自卫武器。

不过，印度海军对补给舰的胃口不止于此。为了保障梦想中“三航母编队”的补给需求，印度海军给国营的印度斯坦造船厂有限公司下了一纸订单，总价值高达100亿印度卢比——印度斯坦造船厂将为印度海军建造5艘满载排水量达到45000吨级的大型补给舰。

这也是印度斯坦造船厂首次接到来自印度军方的订单，算得上是开门红一炮。但就是这开门红一炮偏偏却打了哑炮。2020年8月的一天，刚接到的大型补给舰订单还没来得及开工、尚在前期筹备阶段，船厂内的70吨重塔吊便毫无征兆地轰然倒塌，11名船厂工人当场死亡，为尚在图纸上的印度新型补给舰蒙上了一层浓厚的阴影。

（八）越来越“开挂”的欧洲补给舰们

二战时期，德国没有海外基地，海军在北大西洋的活动完全依靠货船和油轮支持。为了更好地支持在外海进行破交作战的各种袭击舰，纳粹海军设计了一款专用型补给舰“蒂斯马森”级，能够同时供给军舰燃料、弹药、物资和备品备件。

“蒂斯马森”级补给舰每艘舰艇可以搭载7933吨燃料、972吨弹药、790吨备件供应和100吨其他物资。这型舰共建造5艘，其中2艘在战争中幸存，分别被移交给美军和英军，美军接收后改名为“柯尼卡”号，编入试验舰队，对它的性能进行详细评估。

“柯尼卡”的实际操作结果让人对这种同时能够提供所有所需物资的舰艇刮目相看。美军据此提出了“一站式补给”的新概念，诞生了“威奇塔”级补给舰。

“威奇塔”级补给舰满载排水量超过40000吨，航速20节，设置了6座液货补给站和4座干货补给站，再配合直升机，补给效率非常可观。首舰“威奇塔”号曾在24小时内给23艘舰船进行了补给，创下一天内补给舰船最多的纪录。1996年，该级补给舰全部退役。

20世纪70年代中后期，法国海军批量建造了新一代综合补给舰——“迪朗斯河”级。该级舰的设计思想是将多种后勤支援功能集中在一个平台上，以便迅速为舰队提供补给。它的主要作战使命是为特混舰队进行航行补给，为主战舰艇提供燃油、航空油、弹药、食品和备件等。

为了节省成本，部分海军规模不大的国家，在新建补给舰时倾向把其他舰船的功能结合在补给舰上，成为多用途补给舰。例如加拿大建造的新型多用途补给舰就结合“补给舰+指挥舰+船坞运输舰”的功能，荷兰海军的“卡尔·多曼”级支援舰结合了“补给舰+医疗船+船坞运输舰”的功能。

第三章
国产综合补给舰那些鲜为人知的事

坐在千岛湖舰大餐厅的条凳上，身体时时刻刻能感受到从下层机舱传来的高频振动，耳边也回荡着连续不断的机械轰鸣声。

噪声嗡嗡从未停止。全舰召开舰员集体大会时，讲话的人必须要扯着嗓子大声喊，最后几排的人才能听到。

只要军舰在航行中，主机就会运转，这种振幅和噪声就时时刻刻都在。水兵们就是在这样的嘈杂环境下，在这里吃一日三餐、开会、训练。

(一)补给舰上的"冰火两重天"

心脏

立在两台主轮机之间

听到的

是强劲的、令人血脉偾张的跳动

从那躯体的深处

从军舰的灵魂之窍

跃出

笼罩

并包裹住我的心跳

引领着

与她一起颤动,颤动!

如此蓬勃的——

生命律动!

很难想象,写下这首小诗时,航行在大洋上的中国海军千岛湖舰那名"水兵诗人",该是如何激情澎湃?

坐在千岛湖舰大餐厅的条凳上,身体时时刻刻能感受到从下层机舱传来的高频振动,耳边也回荡着连续不断的机械轰鸣声。

◎千岛湖舰航行在大海上(代宗锋　摄)

噪声嗡嗡从未停止。全舰召开舰员集体大会时，讲话的人必须要扯着嗓子大声喊，最后几排的人才能听到。

只要军舰在航行中，主机就会运转，这种振幅和噪声就时时刻刻都在。水兵们就是在这样的嘈杂环境下，在这里吃一日三餐、开会、训练。

大餐厅是补给舰上面积最大的室内公共活动区域，充当了礼堂、会议室、俱乐部等多个功能区域。将餐厅设置在主机舱上，是最好的选择，因为宿舍或者办公区使用率更高，持续承受高强度的噪声,更加不适宜。

大餐厅墙上通常会有一只指示时间的圆形钟表。当战舰在大洋上航行跨越时区时,全舰有一个重要的工作——调时,如果是向西航行则减1小时,向东航行则加1小时,跨过几个区域就加或减几小时。

或许,你以为只消取下腕上的手表,手动向前或向后拨盘调整一下就大功告成。殊不知,战舰驾驶室有一个统领各方的“母钟”,遍布全舰各个舱的其他圆盘钟都属于她的“子钟”。只要手动调整好母钟的时间,所有和母钟相连的子钟都会跟着自动快转或慢转60分钟,向母钟“看齐”。

餐厅下面就是机房,这里是全舰的心脏所在,也是全舰最“热闹”的地方之一。

推开下到机房的梯道门,一股热浪冲面而来,巨大的轰鸣声瞬间裹住了全身。举目望去,上下五层的主机设备正在不停地高速运转。

双手触摸到金属扶手那一刻,你才会真切感受到这里的“热”——

扶手像是被放进烤箱后的金属托盘一样烫手,那种烫,在人体勉强可以承受的范围之内。很快,水兵们的作训帽檐已被浸湿,汗珠又顺着脖子滑落下来。

为了对抗这里的“闹”,主机班的水兵们戴着黄色的耳塞,用来阻挡震耳欲聋的噪声。在机房监控室,有几个值班员手上都戴着计步手环。其中一个手环闪烁的小屏幕上显示,这名水兵当天一共才移动了1600多步。

主机班是见阳光最少、离海面最远、工作环境最艰苦的一个部门,值班时间长,工作紧张,每天就是从住舱下到机舱,该吃饭了上到餐厅,再加上去厕所,活动的范围确实很小。只有不值更时,他们去舰上的环形通道跑步,才有机会动起来。在船上,工作生活久了,水兵们都很清楚运动的重要性和必要性。

在如此"热闹"的环境下工作,千岛湖舰主机一班班长李建庄却浑身上下透着一股平静与淡然的气质。对新舰员,他总是耐心地教他们专业知识。有时候,新兵甚至挑刺逗他,他也从来不急不躁,执着得可爱。

在第十二批亚丁湾护航开始时,千岛湖舰由于发电机突然故障停机导致主机失电停车,眼看着主机转速下降,值班的舰员惊慌失措,木讷地待在原地不知所措。

当值班舰员再次回过神来时,发现刚刚下更没多久正在补休的李建庄班长早已处理好了一切,他娴熟地把机器又提升起转速,恢复了动力。待一切完备后,李班长微笑着拍了拍这名水兵说:"没事了,下次你就知道怎么办了。"

对于三进亚丁湾的李建庄来说,也许早已习惯了那份忙碌,不论是泄漏管路的修复,又或者是机械故障的排除,他那份忙碌中的淡然令战友们深深折服。

在马航失联客机搜寻途中,是李建庄第一个发现主机存在的一起故障隐患,也是他带领全班奋力抢修。抢修过程中,他冲在最前,动作最快,连那些随舰的工厂师傅们都不停地请教他"李班长这个螺杆怎么拧?”“李班长这个齿条要怎么抽?”……在他的带领之下,主机机舱一切又恢复井然,继续着搜寻之旅。

那一刻,凝视着李班长的背影,年轻战友们的内心又一次被深深震动了——他的沉稳与内敛,就如同千岛湖舰一样,含蓄中孕育着奔放的绚烂。

在千岛湖舰上,还有一个工作区域,与主机舱一样“热”——炊事班。

炊事班班长樊冲,绰号“魔术师”,因为他总能为全舰战友们变出特色美味来:糖醋鱼块、酱猪蹄、卤鸭掌、肉末白菜、木耳炒西芹、麻婆豆腐……

你能想象吗?茫茫大洋上,樊冲竟然能用“海水点豆腐”。

长期远航,官兵容易胃口下降,樊冲就绞尽脑汁钻研如何让大家吃得丰富有营养。他打破常规用海水做出可口的豆腐,让战友们吃出了家的味道。

樊冲和炊事班的战友们每天围着锅碗瓢盆忙得不亦乐乎。其实,当面对几百个鸡蛋时,敲鸡蛋就不是一件新奇好玩的事了,它会敲到令你手软;当拿起寒光闪闪的菜刀时,就要时刻警惕,说不定什么时候就切到自己手上了。

三尺灶台上,日复一日,樊冲记不清自己多少次被开水、热油、蒸汽烫伤,留下“不可磨灭”的伤痕。海上,有时会遇到高达40多摄氏度的气温,会遇到想象不到的大风,但这些都不会影响他对饭菜质量的把关——遇上炎热天气,他格外注重饭菜保鲜;遇上大风浪,他就在厨房地板上铺棉絮、抹布等增大摩擦力。

长时间在海上执行任务，叶类蔬菜和瓜果类食品储存是个大难题。土豆、南瓜、苦瓜、洋葱、卷心菜、菜花能保存半个月左右。而生菜、小白菜、豆角等只能“挺”8到10天。

刚从冷库里抬出来的一筐筐小白菜，绿油油的，泛着亮光；亮红的胡萝卜，水灵灵的，一掐就出水。除了做饭，樊冲还要带着战友们采购物资、整理库房，为各种食材拆包装通风透气，及时清理，有效延长保质期。他通过自学和多年的经验积累，自己总结并提出一套针对水果蔬菜长时间保存的妙招——

采用温控技术，在冷库里储存叶类蔬菜，保持在1—5℃；在粮库储存根茎类耐储存蔬菜，保持在7—11℃；妙用充氮技术，在每层蔬菜中间铺上卫生纸吸水，防止蔬菜流失的水分对蔬菜的腐蚀，再向塑料袋中充入氮气，使蔬菜外层形成保护气体。有了这些妙招，小青菜最多可保存60天。

千岛湖舰上，有几个数百平方米的大冷库，储存的肉类可供800人食用10个月。樊冲常常爬进去一箱一箱寻找补给物资，在零下18摄氏度的冷冻库里一待就是几小时，往往“热”出一身汗。

执行第七、第八批护航任务时，樊冲一次巡库中发现冷库中冷风机故障，冷库温度有所升高。他迅速带领班内人员及时倒库，一直干到次日三点才把肉质食品转移到了别的冷库，及时挽回损失。

在千岛湖舰的兄弟舰高邮湖舰上，官兵们甚至能吃上烤肠和冰激凌。晚上八点半到九点半，点名过后熄灯前的这段时间里，不值班的年轻水兵们除了锻炼身体，也会和普通年轻人一样，吃吃零食喝喝饮料。

小战士邢昊天负责给战友们做烤肠和冰激凌。他每次烤出的60根香肠，几乎“供不应求”。其实，他也有自己的烦恼，烤肠熏得自己一身浓郁的味道，久久不能散去。相比之下，他更喜欢用舰上带的冰激凌机加牛奶和原料做冰激凌，“就是没有蛋筒很麻烦！只能让大家拿自己的水杯来接冰激凌。”

邢昊天是补给部门的一名帆缆兵。每次执行补给任务时，他负责“打枪”，就是从补给舰上发射撇缆枪，将绑着细绳的标枪射到受补舰艇上。根据风速大小和远近距离，可以选择用大、中、小三种空包弹来进行射击。细绳牵着手臂粗细的橘红色缆绳。

不到10分钟，两艘战舰就被“联”到了一起。黑的、白的管子接好，油料通过黑管子传到油库，淡水通过白管子送到水箱。

这个工作算是打响了补给任务的“第一枪”，看上去威风凛凛。其实，每次“打枪”时，邢昊天都会紧张。刚学打撇缆枪时，他总是下意识将枪握得太紧，强大的后坐力把手弄得乌青，把胸口和肺也震得很疼。

“现在，我实弹执行任务打过二三十次，每次都一次成功。”小战士似乎对自己的业务水平颇为得意。

接到千岛湖舰补给的物资后，受补舰上的官兵更有精神了。他们乐呵呵地穿梭在通道里，将一筐筐蔬菜、水果、肉类甚至是矿泉水和零食往舰上各舱室搬，眼中放着灿烂的光亮。

随着远航训练、远洋护航等任务常态化，舰上产生的生活垃圾也愈发引起海军关注。舰员们深深意识到，海军是保护海洋资源环境、海洋生态环境和海洋人文环境的重要力量，坚持舰船对海洋环境的无害化,是应该履行的重要义务。

2014年3月,千岛湖舰赴南印度洋执行马航失联客机搜救任务。为保护海洋环境,尽量减少生活垃圾对它的污染,舰上多处放置了“蓝色环保筐”,用来回收废弃物。每晚住舱值日人员将筐里的东西收拾好统一送往后甲板存放处,分类打包带回母港。由于长时间连续航行,主机、辅机等机器产生大量油污水。为避免对海洋环境造成污染,舰员们不嫌麻烦,每天下到舱底对油污水进行收集,再带回港口集中抽除,进行无害化处理。

(二)千岛湖舰上的健身趣事

在千岛湖舰上,舰员们不仅饮食丰富,还拥有几处比驱逐舰、护卫舰等作战舰艇更好的健身场地。

从舰艏到舰艇后部的飞行甲板,绕着外侧一圈下来有将近300米。在海上,这就算是能跑个“大圈”了,常常让其他舰艇的战友羡慕不已。

可以形象地说,飞行甲板是千岛湖舰最大的“运动场”了,面积足有五六百平方米,大家可以在上面踢足球、打羽毛球、做仰卧起坐和俯卧撑。练得累了,舰员们就或坐或躺,在甲板上吹着海风聊着天,丝毫不在意甲板被太阳晒得滚烫。

千岛湖舰的中段甲板,有2个补给操控台。操控台的中间,有一块大约15平方米的空地。舰员们就在空地的边沿安装上一个篮球架子,组织“三对三”篮球对抗赛。场上几个人激烈争抢,一个个铆足劲抢篮板。场下,常常还有三五个人一边欣赏着比赛,一边热切盼望等着上场。

除了篮球场、羽毛球场、足球场,千岛湖舰在甲板下面一层还摆放着两张乒乓球桌。室外不适宜活动时,官兵们可以到舱内这个周长100多米的平台锻炼。

火热的甲板深蓝的海,千岛湖舰官兵健身故事多。

长跑是瘦身最有效的办法,也是减肥族的首选锻炼方式。千岛湖舰的外露甲板空间相对其他舰艇而言宽敞了许多,这对他们来说无疑是幸福的。

四级军士长杜立国自打结婚后,体重从原来的150斤蹿到了180斤。出航前,他被检查出有中度的脂肪肝。医生告诉老杜,减肥是治疗这病症最好的药。

由于执勤任务重,老杜的锻炼时间最多只有一个小时,他对这宝贵的时间进行了科学分配:40分钟跑步,其他时间做俯卧撑。

虽然这种方式很枯燥,但一想到30斤的瘦身计划,老杜可一点不马虎,每次他都要多跑上几圈,多做几个俯卧撑。凭着这股毅力,老杜第一个月减掉了9斤肉,也让不少体形微胖的官兵羡慕不已,一同加入了他的减肥队伍。

"运动强度不宜大,循序渐进效果佳;每日三餐要定量,暴饮暴食反弹大……"老杜一边减肥,一边总结。在10个月的护航任务中,减肥族平均瘦身15斤,老杜以30斤的优异成绩成为舰上的"瘦身达人",脂肪肝也消失得无影无踪。

在千岛湖舰的直升机机库里,摆着蹬踏器、臂力器等各式各样的健身器材。闲暇时,一群健身爱好者总会活跃在这里,他们有说有笑,时刻享受着运动带来的快乐。

航空技师朱文亮酷爱健美,有着漂亮的身形和凹凸明显的肌肉。跟他接触多了,总能了解到许多健身、塑形等健美知识。

在舰上锻炼体能,得因地制宜。健美这种锻炼方式,不受空间限制,充满着时尚元素,受到青年官兵喜爱。朱文亮发挥特长,当起了健美教练。

“今天我教大家‘普拉提’,这是目前最流行、最时尚的健身项目之一……”只见朱文亮带领着官兵们一会把腿往上抬,一会儿身体团紧,很有健身教练的范儿。他还根据官兵的体型制定了不同的训练方法,比如想练肱二头肌的,采用双臂拉力器进行弯举,想练胸大肌的则利用哑铃进行“仰卧飞鸟”。

不仅如此,朱文亮受到健身器械的启发,用一个大轴承,制作了一个能够锻炼全身的卧推器。这个制作简单的器械使得大家无论是在健身房还是舱室,随时可以锻炼。

在护航期间,别具特色的“健美秀”表演时常在甲板上演,虽然他们并不够专业,但秀出了健康、秀出了快乐。

“预备,开始!”随着一声令下,千岛湖舰的飞行甲板上顿时沸腾了起来。只见一对对由两名参赛者组成的小组互相手拉着手走“鸭子步”,大家你追我赶,互不让步。最后观通部门代表队第一个冲到了终点,赢得了甲板趣味运动会“比翼双飞”项目的冠军。

每次甲板趣味运动会总有几个亮点:电航班长关郑胜一口气做了近千个俯卧撑;舱段兵刘跃凯的花式跳绳让大家目不暇接,

“赶牛”“摸着石头过河”等比赛考验着官兵们的个人综合反应能力,“人力推车”“同心协力”等项目则提升了官兵们的团结协作能力。

运动是件快乐的事。在精神高度紧张的出航任务中,能够以此为乐,千岛湖舰官兵们的身心都得到了有效放松。

(三)盘点中国海军补给舰“湖泊家族”

◎“微山湖”号综合补给舰(代宗锋 摄)

如果中国、日本、韩国三国的补给舰，彼此在远洋大海中相遇，互相问道："你的名字是？"恐怕最后，她们都会微微一笑——因为她们都是湖泊之女、以湖为名。比如，中国海军的"千岛湖"号，日本海上自卫队的"摩周"号，韩国海军的"昭阳"号等。

为什么大家不约而同地选择用湖泊之名为补给舰命名？其中的含义耐人寻味。

自从1962年日本海上自卫队接收补给舰"滨名"号，到2003年人民海军调整补给舰命名规则，其间40余年，东亚三国的补给舰先后采用湖泊命名，也是奇妙的缘分。

◎综合补给舰骆马湖舰（胡善敏　摄）

或许三国都一致认为:能够储存大量淡水的湖泊,与装载大量油、水、食品、弹药的补给舰关系最为密切。首先,湖泊(或者说大型水库)一般容量都很大,对应补给舰动辄数以万计的身材吨位很"搭配";二来,湖泊里动物、植物都有,鱼虾鸟兽齐聚,对应补给舰的肚子里干货、液货都能装,不用靠港就能给主战舰艇进行源源不断的补给。

截至2021年,除了885舰"青海湖"号是改装而来以外,中国海军一共拥有各式各样的国产现役补给舰十余艘。其中,排水量超过4万吨的综合补给舰有2艘——965舰"呼伦湖"号和967舰"查干湖"号,是现役综合补给舰中的第一梯队,排水量最大,综合性能最先进。

(四)鄱阳湖舰:"老兵"卸甲　江湖再见

2020年7月6日,在宁波某军港码头,服役40余年的"老兵"——海军鄱阳湖舰光荣退役。

作为我国自行设计建造的首型远洋综合补给舰首舰,鄱阳湖舰于1979年12月16日正式服役,舷号"882",先后荣立集体二等功3次、集体三等功2次,为人民海军从黄水走向蓝水提供了坚实的保障。

鄱阳湖舰创造了海军建设发展史上许许多多的"第一次":舰艇编队第一次到达南半球执行任务,第一次组成友好访问编队出国访问,第一次穿越马六甲海峡,第一次在狂风巨浪中连续航行五天五夜,第一次在海上与外军舰艇友好相会,第一次在出访国组织“舰艇开放日”……

退役后,鄱阳湖舰完成空靶试验任务被拖到某船厂等待拆解。自此,海军第一代补给舰功成身退。

鄱阳湖舰曾历经多次转隶、更名,曾用名丰仓舰,舷号“X615”,由当时的大连红旗造船厂建造(现为大船集团)。2002年6月1日,这艘舰被命名为鄱阳湖舰,舷号改为“882”。

中国海军的综合补给舰发展之路格外艰辛。20世纪70年代,海军后勤部门最头疼的装备就是一个“门状的架子”——横向补给装置。

之前,海军已经研制出了一套纵向补给装置。这种装置的原理很简单:在艉部用浮标拴着软管从海上漂浮到被补给的舰上,战士从海上把软管捞起,插进油水舱进行补给。

这种补给方式要耗费大量人工,补给速度慢,且无法进行干货和弹药补给,显然难以满足战时及远航补给的需要。

随着1980年远海航行试验洲际导弹的“580”任务临近,中国海军迫切地需要解决远洋综合补给的难题。

从来就没有什么救世主,除了自己。我们的科研人员从外国报刊收集的几张照片和一部纪录片中的几个镜头开始,自主研发那面“门状的架子”。

1978年4月,中国军舰第一套横向补给装置诞生。1979年12月15日,中国海军远洋综合补给船X615横空出世。

1980年5月,中国首次向南太平洋预定海域发射了一枚自行设计制造的远程运载导弹，并准确命中目标。为保证远洋测量船等科研船舶对试验进行全程飞行跟踪拍摄，人民海军派出远洋特混护航舰队，对科研船舶实施护航警戒。

X615船随中国海军特混编队穿越加罗林群岛，驶出第二岛链。同年5月10日，X615船对132舰进行横向补给，现场画面被外军舰机拍摄，迅速出现在西方媒体上。

从那一天起，我们向世界宣告——中国海军已具备远洋作战能力。

当时，X615船等补给舰在海上历时35天，航程8818海里，共完成了海上补给64舰次，补给总量达14500吨。这是人民海军史上第一次舰艇编队走向深蓝，到达南半球执行任务。

1985年11月，X615船与132舰组成编队出访巴基斯坦、斯里兰卡、孟加拉国三国。这是人民海军首次组成友好访问编队出国访问，再次荣立集体二等功。

“赫赫战功，数不胜数。”这是人民海军给予鄱阳湖舰的评价。近年来，鄱阳湖舰圆满完成近百次演习演练、战备巡逻以及补给训练任务，累计总航程达22万余海里，创造了海军建设发展史上许许多多的“第一次”。

鄱阳湖舰满载排水量超过20000吨。虽然我们称其为综合补给舰，实际上它是以油水补给为主，无力为军舰补给远洋作战中最重要也是消耗最多的弹药，对提高军舰远洋作战能力的作用有限。因而，我国加紧研发新一代综合补给舰。

◎新一代综合补给舰(胡善敏　摄)

(五)青海湖舰的“大小辩证法”

20世纪80年代,随着中国海军新型驱逐舰和护卫舰的大批量服役,补给舰数量不足的问题开始显露出来。于是国家开始研制新一代综合补给舰。

1992年11月6日,我国从乌克兰购入一艘半完工的补给舰,历经3年续建完成,取名“青海湖”号(舷号885)交付南海舰队。

在中国海军远洋综合补给舰的发展史上,青海湖舰独自代表了一个时代,成为当时中国海军吨位最大的军舰。

青海湖舰有多大?

指着青海湖舰差不多有15层楼那么高的桅杆,时任舰长刘永新用数字给我们描绘着巨大的舰体:青海湖舰满载排水量37000吨,舰长190米,宽25米,主甲板面积有0.6个标准足球场那么大。舰上虽然不能踢足球,但可以打羽毛球和乒乓球,还有一个近300米的环形"跑道",可以满足官兵体能训练的不同需求。

既然顶着"超级奶妈"的头衔,青海湖舰的"肚子"自然就不小,可装载20000吨左右的各种油品和淡水。

◎青海湖舰实施补给任务(胡善敏 摄)

都说船小好调头，巨大的舰体不要说好调头，连进港都很困难。一次，青海湖舰在靠泊湛江港的一个码头时，为了观察舰体两边的船只，时任舰长刘永新在驾驶室左右舷来回折返观察，跑了很多趟。

在刘永新眼里，青海湖舰称得上是巨轮，但航行在深蓝色的大海里还是显得很渺小，用沧海一粟来形容一点也不夸张。“不是我们舰不够大，而是我们面对的海太大。”

在近20年的航海生涯中，刘永新有一个“大与小的相对论”——一艘舰再大，如果不够强，那么大就是“浮肿”，大而无用。你的舰有多强，你的舞台就有多大，你面临的那片无边无际的大海，才能让你自由地航行。

由小变大，由大变强，正是人民海军分享改革开放红利的结果。翻开青海湖舰的航海史，分明让人看到了人民海军发展壮大的一个缩影。

1997年2月，入列一年多的青海湖舰随中国海军编队访问美洲四国五港。在出访98天的时间里，航程达24000多海里，实现了海军舰艇编队首次横渡太平洋，创造了人民海军航程最远、航时最长、出访规模最大等多个纪录，是中国海军由黄水走向蓝水的标志性事件，青海湖舰由此荣立集体二等功。

行走在青海湖舰上，像是走进了一个钢铁的宫殿。问舰长刘永新，舰上有多少间舱室，答：800多间；问有多少扇门，答：1000多扇。

每一件装备和设备井井有条地结合在一起，才有了这艘威武雄壮的巨舰。结合这些装备和设备的，除了焊接就是常见的螺栓。

再问舰长，知道舰上有多少颗螺栓么？舰长摇头，说没法算清楚。

舰上螺栓大的有小胳膊那么粗，小的则有牙签那么细。当然，更多的螺栓是你看不见、也摸不着的。但是，没有这些默默无闻的螺栓的坚守，就没有这艘补给舰的正常运转。

青海湖舰是补给舰中的明星舰，曾经在人民海军的历史上写下了华丽的篇章。服役了20多年，青海湖舰与新入列的我国新型综合补给舰相比，无论是满载排水量，还是舰上的动力和设备，都显得有些陈旧了。

◎青海湖舰在运输物资(胡善敏 摄)

1999年底,我国重新启动了自行研制新型综合补给舰的工作。2004年,几乎同时交付的两艘补给舰分别被命名为“千岛湖”号(舷号886)和“微山湖”号(舷号887)。中国海军第一次拥有了真正现代化构型的综合补给舰,这也是中国海军第一种具备舰艇夜间航行补给能力的综合补给舰。

(六)“航母奶妈”和“超级奶爸”:以远洋之名驶向深蓝

镶嵌在祖国北疆的呼伦湖有了新寓意——2017年9月1日,海军新型综合补给舰首舰以呼伦湖命名。

迄今为止,这是第一次用北疆内蒙古的地名命名中国海军军舰。作为内蒙古第一大湖、中国第四大淡水湖、东北第一大湖,以呼伦湖的名字命名大型军舰,实至名归。

呼伦湖舰,舷号965,是我国自主研制的具有世界先进水平的新型综合补给舰首舰。相对于国内目前服役的其他补给舰,呼伦湖舰突破了新型海上补给装置研制、大型补给舰总体设计建造等一系列关键技术,补给方式多样、补给能力强,减少了接受舰的占位时间,提高了补给效率。

呼伦湖舰入列命名授旗仪式在广州广船国际有限公司举行,呼伦湖号是901型综合补给舰首舰,可以伴随保障航母编队,被大家亲切地称为“航母奶妈”。它的入列,为海军舰艇走向深蓝奠定了更加坚实的装备基础,标志着海军远洋保障能力跃上新台阶。

2019年,呼伦湖舰的同型二号舰查干湖舰服役。查干湖纵长

37公里，湖岸线蜿蜒曲折，蓄水6亿多立方米，是吉林省最大的淡水湖泊。

祖国的北疆，壮阔的草原，从此有了更遥远的牵挂。

2019年11月16日8时30分，伴随着一声汽笛长鸣，海军查干湖舰解缆启航。站在甲板上，海军某观通旅一级军士长刘达勇分外激动：当了30年海军军人，今天他终于踏上甲板跟随战舰出航！

和刘达勇一起圆梦的还有另外18名来自海军基层部队的拟退役优秀士官。老兵们大多来自一线保障岗位和偏远艰苦地区，常年扎根基层、献身海防，有的是“老山沟”，有的是“老观通”，还有的是“老机务”，战舰驰骋大洋，战鹰翱翔蓝天，离不开他们的辛勤付出和有力保障，然而他们个人却从没有登上过战舰，这成为他们海

◎综合补给舰呼伦湖舰（胡善敏　摄）

军生涯的一个遗憾。邀请老兵退役前随新入列的查干湖舰出航，就是为了感谢他们的付出。

查干湖舰劈波斩浪，海面上被划出一道雪白航迹。舰上，19名老兵在体验舰艇生活之余，也热心地向舰上官兵展示自己的专业技能。

“战位虽然不同，但老班长的分享让我收获很多。”查干湖舰报务兵周小玲和某雷达旅四级军士长邱先龙从事的都是通信专业，在战位体验交流中，邱先龙把多年的心得和体会分享给周小玲。邱先龙颇有感触：“在这些年轻士兵身上，我仿佛看到了当初的自己……”

16时，查干湖舰厨房一派忙碌场景，海军航空兵某团炊事班班长徐朝旭和舰上炊事班一起准备晚餐。

“胸怀大海，勇猛精进，这是老兵和舰上官兵的共同信念。”查干湖舰时任副政委陈皓亮感慨道：“向着深蓝前进，带着信念出发，曾经的梦想在这里实现，新的梦想也在这里启航。”

“查干湖”号远洋综合补给舰，是官方首次以“远洋”冠名定位的综合补给舰，满载排水量近50000吨，舰体分为前岛、中岛、后岛三大部分，三座巨大的补给门架坐落于中岛。作为中国海军吨位最大、补给能力最全面的综合补给舰，能够伴随保障航母编队与大型驱护舰队遂行多样化远洋作战任务。

2021年夏，素有“超级奶爸”之称的南部战区海军某作战支援舰支队查干湖舰奔赴远海，与多型舰船协调展开复杂气象环境下多课目、长航时、实战化海上作战支援训练。

"上级命令我舰前往XX海域，为编队进行补给！"舰长一声令下，查干湖舰高速向目标海域机动。

与此同时，舰上官兵迅速到达相应战位开展作业，悬挂起补给作业旗、把定航速航向，叉车忙而有序，干货物资快速搬运到位。

"补给部署！"接到指令后，受补舰船加速前出占领补给阵位，与查干湖舰同速同向航行，组成补给队形。

查干湖舰甲板上，伴随着清脆的抛投器声，引缆绳在空中划出一道弧线，承载索桥在两舰之间凌空架起。

放油管、扫线、补给，官兵们的操作行云流水、一气呵成，长长的油管横跨两舰，"战斗血液"汩汩流入战舰"腹"中。

（七）首次为国产"大驱"海上补给

2020年5月的一天，在黄海某海域，新型综合补给舰太湖舰与多型主战舰艇开展了高强度海上补给训练。

只见，太湖舰官兵在两舰之间架设起承载索，油管快速伸出准确对接。随后，导弹驱逐舰成都舰进入太湖舰右舷补给阵位接受补给。这次训练采取横向、纵向同时补给的方式进行。

在持续多天的训练中，太湖舰先后为南昌舰、成都舰、大同舰等4艘舰船完成补给19次，最高单日完成补给作业9次。

101
965
16

◎查干湖舰正在为辽宁舰和南昌舰进行补给(胡善敏　摄)

◎综合补给舰太湖舰(胡善敏　摄)

太湖舰,舷号889,2013年6月18日入列,舰长178.5米,宽24.8米,满载排水量20000多吨,是我国自行研制设计的新型综合补给舰。它的补给接受装置采用国际标准,自动化程度高,操作渐变,配适性强,补给速度快,保障效率高,可以两舷三向四站同时补给作业。

这一次,是太湖舰为国产新型驱逐舰南昌舰首次进行海上补给。入列以来,它先后为航母、驱护舰、登陆舰、潜艇等海军各型主战舰艇实施补给,积累了丰富的经验,为补给舰适应多变的战场环境打下坚实基础。

(八)可可西里湖舰的战斗警报

2019年8月,西宁舰与潍坊舰、可可西里湖舰组成第33批护航编队，实现052D型驱逐舰首次亚丁湾索马里海域部署。

9月3日下午，海军第三十三批护航编队位于南海海域进行第一次航行补给，这也是可可西里湖舰首次在远海大洋上为西宁舰等新型主战舰艇进行综合补给。

可可西里湖舰首先为西宁舰进行油料和淡水补给，潍坊舰担负警戒任务。受南海热带低压的影响，补给海区海况恶劣，给舰艇操纵带来一定难度。为此，编队指挥所合理调整航向，减少恶劣气象影响。

舰艇航向航速稳定后，可可西里湖舰准确将引缆绳发射到西宁舰上，被补给舰官兵迅速拉住引缆，将承载索引向本舰。

数分钟后，承载索架设完毕，两舰之间凌空架起一道海上“铁索桥”，可可西里湖舰补给站放出的加油探头在高架索上缓缓移动，在加油探头接近西宁舰时，可可西里湖舰解除对加油探头拉力，加油探头加速沿承载索滑动，迅速准确对接西宁舰受油口。

“开始补给！”可可西里湖舰开启输油管阀门，对西宁舰进行油水补给。海面涌浪较大，在指挥员科学指挥和官兵们密切协同下，补给任务安全顺利进行。数小时过后，可可西里湖舰成功完成对西宁舰、潍坊舰燃油和淡水补给。

可可西里湖舰是2019年3月刚刚入列的新舰。时任副舰长李斌介绍，这次海上补给在陌生复杂海域进行，风险高、难度大，有效检验了舰艇间的协同配合能力，为编队连续航行提供了可靠保证。

阿拉伯海域，辽宁大连籍“博远18”号渔船1名船员腿部不慎被缆绳绞断，伤情严重！

2019年12月8日,海军第33批护航编队接到上级紧急医疗救助通报。事发突然,生命危急!受命前出营救的可可西里湖舰克服海区恶劣气象,高速航行十余小时到达事发海域。

争分夺秒,与“死神”赛跑。可可西里湖舰组织伤员换乘,立足有限条件进行医治,官兵齐心协力挽救同胞生命,在亚丁湾上演了一场惊心动魄的“生命救援”。

“伤情就是命令,同胞的生命高于一切!”当地时间8时整,可可西里湖舰发布战斗动员令。承载着重伤船员的期望,可可西里湖舰顶风破浪,高速航行在茫茫大洋上。

“鉴于复杂海况,我们主用高速艇转运,备用渔船并靠,备齐方案预案,组织预先演练,确保一旦有事,能迅即应对,有效处置。”可可西里湖舰舰长马静带领舰员深入分析形势,认真评估风险。

10时05分,可可西里湖舰拉响战斗警报!官兵们紧急奔赴战位,立足于最困难最危险情况,开展全流程、全要素医疗救助演练,确保营救任务顺利展开。

当地时间13时25分,可可西里湖舰与“博远18”号渔船到达会合海域。

阵风6级,浪高2到3米,能见度2到5海里,气象海况条件恶劣,且渔船干舷高,摇晃幅度大,受伤船员行动不便,救援难度陡然增加。

“吊放小艇部署!”时间就是生命,舰长马静没有时间犹豫,他果断调整舰位,下达部署吊放高速艇,组织编队救护所军医携带器材和药品登艇,小艇在涌浪中向渔船驶去。

“伤员意识较清醒，暂无生命危险，但需立即转运上舰进行治疗。”13时57分，对讲机里传来了医生的诊断结果。

“同意转运，各部位做好接收伤员准备。”14时17分，受伤船员安全转运至可可西里湖舰。

“伤员左小腿不全离断，局部已受感染，需进行清创截肢手术；伤员失血过多，必须立即输血！”编队救护所骨科医生林鹏对伤员进行了科学细致的诊断。

“我来！”“用我的！”官兵们纷纷挽起衣袖走进献血室，测量血压、检测血型，通过血型匹配，一滴滴凝聚官兵浓浓真情的血液汩汩流入存血袋内。

经过术前观察，16时33分，编队救护所开始实施手术。常规清创、切除后方残余皮肤组织、切断肌肉组织、止血、结扎、缝合包扎……8名军医沉着冷静，分工明确，密切协同，用时两个半小时顺利完成截肢手术。

手术过后伤员生命体征平稳，转入重症监护室，医疗队组织医护人员24小时轮流看护，定时检测生命体征。

当地时间12月9日8时许，可可西里湖舰驶入阿曼萨拉拉港，在驻阿曼大使馆工作人员和随舰军医协助下，伤员转入当地医院进行后续治疗。

一场“生命救援”，让陪护的渔船船员看到了中国海军护航官兵可贵的精神品格，看到了他们为拯救同胞生命付出的辛勤努力。

“感谢中国海军，谢谢你们，是你们救了我的命……”

临行时，伤员用微弱的声音向海军官兵们表达了谢意。

◎航母编队大洋上的补给(胡善敏　摄)

第四章

七次护航亚丁湾，创中国海军之最

对于新时代的一名军人来说,没有什么,比参加一场真正的战役更让人酣畅淋漓。如果有,那么一定是这场战役中,他取得了胜利。

千岛湖舰第五任舰长涂金虎至今还清楚地记得,那一天,阳光洒满驾驶室。一艘希腊籍油船发来求救信号,正遭受海盗快艇攻击,请求加入护航编队。

一切发生得太突然,当时的他们凭着过硬的作风迅速发出反海盗指令。千岛湖舰连发爆震弹进行震慑,编队中的徐州舰也迅速调整航向,使用重机枪对海盗小艇进行扫射,并成功驱离。这是中国海军护航编队首次在亚丁湾对海盗开火射击。

（一）驶向那片海，守护那片海

水兵郑伟站在千岛湖舰的舰艏，面向蔚蓝的大洋，兴奋地大喊了一声。这是他“人生中值得用浓墨描述的一笔”——

2018年4月4日，这个20岁的年轻小伙，跟随千岛湖舰驶向亚丁湾、索马里海域，执行第29批护航任务。

这是郑伟第一次执行护航任务。他觉得，自己的“英雄梦找到了出口”。

不过，对于郑伟脚下的这条军舰——我国自行建造的远洋综合补给舰千岛湖舰来说，护航，早已是轻车熟路——

◎2015年5月24日，海军第二十批护航编队济南舰、益阳舰、千岛湖舰驶入亚丁湾海域并靠（代宗锋　摄）

从2009年开始，千岛湖舰多次赴亚丁湾、索马里海域执行护航任务。

从地理位置上看，辽阔无比的印度洋进入亚丁湾后，海面渐渐缩小。在这里，索马里海岸和也门海岸之间也就140海里左右宽度，给海盗活动提供非常有利的地理环境。

海盗母船只要游弋于亚丁湾中部，航经亚丁湾的船只就在他们袭击和控制范围内，商船走投无路，海盗进退自如，可以守株待兔。

此时此刻，千岛湖舰正第7次航行于这片海域，守护过往船只的安全。

“哪里想过出国呀！”时隔多年，已经挂上一级军士长军衔的王至友对第一次远航记忆犹新。他本以为，他的海军生涯将始终游弋于“最北到大连，最南到三亚”。可从登上千岛湖舰的那一刻起，他的人生航向悄然发生了改变。

家属在岸上一个劲儿抹眼泪，王至友却显得异常兴奋：“哭啥？这是多骄傲的事！”

就要起锚了。那一刻，水兵们对远方充满向往、满怀期待。他们深知祖国母亲让孩子去远方做什么，清楚那遥远的海域有着怎样的责任和重担；也无数次想象海盗的猖獗和诡异，为噤若寒蝉的运输船队捏一把汗；当然，他们知道大海的暴戾与无常，担心能不能挺得过这一关……

千岛湖舰缓缓驶离舟山某军港码头，王至友的“骄傲之旅”也随之开始——

◎千岛湖舰官兵站泊列队（代宗锋　摄）

出航一个月，千岛湖舰航行在炎热的曼德海峡附近。突然，电波中传来紧急求救信号：我国“振华25”号货船在刚刚驶离我海军护航区不久，遭遇3艘疑似海盗快艇高速追击。

战斗警报从驾驶室直达舰上的每一个战位，位于机舱值班部位的王至友“感觉血脉偾张”。为缩短救援时间，指挥员命令直升机进行悬停加油。

烈日当空。一条输油管连接着悬停在半空中的直升机和航行于大海上的千岛湖舰。

3分20秒。直升机调头离开，千岛湖舰官兵内心狂喜。这是海军护航行动中，首次为直升机进行悬停加油！千岛湖舰在第一次远航中，就将自己的实力和魅力展现在大洋之上。

对于新时代的一名军人来说,没有什么,比参加一场真正的战役更让人酣畅淋漓。如果有,那么一定是这场战役中,他取得了胜利。

千岛湖舰第五任舰长涂金虎至今还清楚地记得,那一天,阳光洒满驾驶室。一艘希腊籍油船发来求救信号,正遭受海盗快艇攻击,请求加入护航编队。

涂金虎拿起手边的望远镜望向油船的方向。同时,迅速下令千岛湖舰全速航行——他已经看到,海盗举着挂梯,正准备攀爬油船。

一切发生得太突然,当时的他们凭着过硬的作风迅速发出反海盗指令。千岛湖舰连发爆震弹进行震慑,编队中的徐州舰也迅速调整航向,使用重机枪对海盗小艇进行扫射,并成功驱离。这是中国海军护航编队首次在亚丁湾对海盗开火射击。

◎千岛湖舰舰炮射击(代宗锋　摄)

（二）“这是我的战舰”

从千岛湖舰第7次驶入索马里海域开始，千岛湖舰时任政委高道贵总会习惯性地站在世界地图前久久凝视，偶尔会凑近去看看地图上的某个点。

这是这名有着十多年军龄的海军军官第一次远航。与所有第一次远航的人一样，高道贵在看见蔚蓝大海的瞬间，感觉自己的“内心被深深震撼了”。不过，比起震撼，还有一种情绪更加浓烈——自豪。

“能够乘着战舰驰骋大洋，是每一名海军军人的梦想。”高道贵再次望向世界地图。

每一名中国海军军人都有这样一个梦想。早在600多年前，郑和船队就沿着这条航线来到异域他乡。新中国海军也曾出入太平洋、印度洋、大西洋，也曾耕犁过环球的蔚蓝，也曾阅览五洲，试水四海。

乘祖国腾飞之雄气，携海军壮大之威风，去远方呵护亿万人民的福祉和世界和平，用青春、汗水和一腔热忱报效哺育我们的亲人和国家，幸莫大于此焉！

如果将镜头对准这大片的蔚蓝色，千岛湖舰必定是其中不可忽视的闪光点。入列至今，它的航迹已经可以绕地球十多圈。走过的海域，到过的国家，参加过的重大任务，足以让舰上的每一名水兵都把腰杆挺得笔直。

参加过多批护航任务的方彬，是千岛湖舰上的老大哥。大家都知道，这位老大哥有一样宝贝——出国纪念册。泰国、菲律宾、马来西亚、沙特阿拉伯、阿联酋、巴基斯坦……每介绍一张照片，方彬都会指一下身后的千岛湖舰，自豪地说："这是我的舰！"

接着，方彬指着一张有些泛黄的照片，笑着说："这是我第一次出国，特别紧张！"

1997年春节刚过，方彬随军舰出访泰国、菲律宾和马来西亚3国。看着码头上欢迎的人群和优美的亚热带风光，方彬按捺不住心中的喜悦。可当他真的要走下军舰时，心里却泛起了嘀咕。

"怕给咱们中国海军丢人呢！"如今再回想起多年前的情形，方彬笑着说。"为了应对可能发生的各种状况"，方彬和战友们"做好了充分的准备"——随身带着舰上统一印制的卡片，上面用中英文写有我海军舰艇靠泊码头的地址，以便走丢了随时问路。

不仅如此，甲板冷餐会这样难得的交流机会，方彬也是眼里发热，却从不敢主动上前。偶尔参加一回，也"总站在角落里，脸上挂着尴尬而不失礼貌的微笑"。

2009年，方彬随中国海军舰艇编队执行护航任务。从那时起，这名老兵"在海上的时间比在陆地上多，出国的时间比回家的时间长"。也是从那时起，接踵而来的出访任务很快消解了第一次出访的尴尬，取而代之的是"大国海军范儿"——自信、从容。

在巴基斯坦卡拉奇港，千岛湖舰的甲板冷餐会人气爆棚。方彬优雅地端着酒杯，与巴基斯坦技术人员交流专业问题；在阿曼塞拉莱港，方彬从容地向登舰参观的外国友人介绍千岛湖舰的情况；在沙特阿拉伯，方彬更是提前做好了功课，在抵靠吉达港时，当地的人文风俗，他早已了然于胸……

在这本越来越厚的出国纪念册里，收藏着一名中国水兵的世界足迹。而在他的世界足迹背后，则收藏的是中国海军走向深蓝的自信与豪迈。

驾新型战舰，走大洋、过异域，环球凉热、世界风情，用中国水兵的双眼将这些一一收纳，乐莫过于此焉！

千岛湖福泽人民，千岛湖舰守卫海疆。

对于一茬茬从千岛湖舰成长起来的官兵来说，他们人生最美好的芳华都铭刻在了千岛湖舰的航迹里。

信号兵黄屹自豪地说："很荣幸我能成为千岛湖舰的一员。无论何时，我都会自豪地告诉别人——这是我的舰，这是我们的大国战舰！"

◎千岛湖舰在大风浪中破波前行（代宗锋 摄）

(三)不仅是“保障队”,更是“战斗队”

在亚丁湾护航中,从第一批到第十四批,战斗舰艇换了一拨又一拨,但是补给舰却是由微山湖舰、千岛湖舰以及青海湖舰苦苦维持的。

任务时间线大致如此:微山湖舰8个月→千岛湖舰8个月→微山湖舰8个月→千岛湖舰8个月→青海湖舰8个月→微山湖舰4个月→千岛湖舰4个月……

亚丁湾某海域,千岛湖舰对某护卫舰进行航行状态下干货补给。

当日,海面风力4级,浪高5米,两舰摇摆幅度大,尽管运输补给物资的索道架设成功,但每次补给物资的重量仅能达到计划要求的三分之一,补给用时却大大超出规定时间……

时任舰长水国兴的脸拉了下来:“平日训练人人像老虎,关键时刻为啥成了病猫?”

座谈会上,一名士官道出原委:“练为战”尽管天天喊,可从训练通向战场的那把“锁”在官兵心中并没有完全打开——

以往航行补给训练中,出于安全和成本考虑,大都选择在风平浪静的时候进行。即便是复杂环境下的训练,也是演练补给过程多,实际补给则浅尝辄止。“管子接上了,里面的水和油不像执行任务那么多,这样的训练和执行任务是两回事!”

难怪!训练时越练越轻松,真正到执行任务时却越来越紧张。

舰党委决定：采用任务替代日常训练的做法，将单次补给的标准提高到最大负荷。

过去，海上航行实际补给，任务标准往往低于训练标准，干货补给通常每次只占周转箱最大负荷的一半。现在，他们将任务标准直接与训练标准画等号。2009年底，该舰为某护卫舰进行20吨干货补给，创下了该型舰同等条件下用时最短的干货补给纪录。

护航任务，也悄然改变了千岛湖舰的人才培养观念。

2009年8月，千岛湖舰执行护航任务不久，操舵班班长朱文亮就一连值了4更，累得晕倒在战位上。究其原因，朱文亮不仅能操舵，还掌握雷达、信号两门知识。所有人都认为：有他在，一个人可顶几个人用。

◎千岛湖舰为井冈山舰补给干货（代宗锋　摄）

过去，由于补给舰在海上执行重大任务的机会较少，舰艇长通常只需培养一个主要职手，就可以应对各种紧急情况。

如今，“一更制”的人才培养模式行不通了——以往，每名舰员每年拿出三分之一时间学习专业理论知识，三分之一时间学习装备保养知识，真正对装备操作实践的时间最多三分之一。加上重大任务必须上主要职手这项硬规定，摊到普通官兵头上的实操机会更是少之又少。

“一专”尚且不能，“多能”从何谈起？此次护航给了他们全新的体验。9个多月的连续航行中，千岛湖舰在任务转换、漂泊待机等时机，都组织普通职手轮流担任值更任务，并指定部门长以上干部担任代更负责人，有意识地延长值更人员实际使用装备时间。

经过护航任务的历练淬火，千岛湖舰的人才队伍已经初步实现了主要职手掌握两种以上专业，普通职手能代替主要职手值更，一般战士具备普通职手能力的目标。

那次，千岛湖舰远航归来，几名因参加护航任务没有及时退伍的官兵脱下了军装。机关就此上舰调研如何加强人员配备。调研的结果令人欣慰：全舰80%以上官兵均达到了担任主要职手的能力。

护航行动，没有单纯的支援舰。亚丁湾上，千岛湖舰也完成了从舰艇保障“服务队”到大洋“战斗队”的华丽转身。

那年12月，千岛湖舰首次单独护航10艘渔船组成的编队，大胆采用小艇机动护航、母船伴随护航的模式，有效处置了一艘疑似海盗母船和3艘快艇的跟踪接近。这次行动，是千岛湖舰首次执行实际战斗任务。

护航中，千岛湖舰积极创新单舰伴随和区域护航方式，其中包括适时改变护航阵位、扩大护航警戒区域、主动前出查证、探照灯定期威慑、指导商船进行自卫和积极告知安全信息等多种护航手段。

海军陆战队员张雷振是参加过多次护航行动的一名老兵。第一次直面海盗的场景，他依然记忆犹新。

当时，张雷振正在“千岛湖”号综合补给舰上值班警戒，突然，30余艘快艇从海天相交处冲出，打破了周围的平静。

小艇群快速接近了处于千岛湖舰护卫范围内的被护商船。很明显，这些直奔被护商船小艇根本不是其他船只，只有可能是海盗船。

千岛湖舰上的官兵立刻做出反应，对快艇群发射信号弹、爆震弹、闪光弹等非致命弹药进行驱离，希望这群海盗能“知难而退”。

谁知，这群海盗没有任何退避之意，连停船的动作都没有。

千岛湖舰虽为补给舰，但舰上的自卫火力可一点也不含糊。按照指挥所命令，包括张雷振在内的陆战队员果断使用舷侧布置的重机枪进行压制射击，数轮扫射后，海盗立刻调头四散逃窜。

在亚丁湾护航任务中，千岛湖舰一次又一次亮相，续写了人民海军护航成功率、补给成功率、装备完好率、人员安全率均达100%的骄人成绩。

◎护航编队进行补给（胡善敏　摄）

◎千岛湖舰对济南舰实施纵向液货补给作业（代宗锋　摄）

（四）与鲨共舞的护航岁月

千岛湖舰老兵方彬，有一本厚厚的日记。每次翻看着那本日记，第一次随千岛湖赴亚丁湾护航的种种经历就像电影画面一样从眼前再次闪过。

2009年7月16日，一大早，方彬随千岛湖舰在舟山某军港启程。这可能是他军旅生涯最后一次执行这样的大任务了，所以他格外珍惜。

经过一天的忙碌，方彬来到了后甲板，与大海交融的孤寂感让他回忆起临行前的点点滴滴——

儿子喃喃地央求："爸爸，你离开我1分钟我都会想你……"

母亲将手帕包裹的一袋平安米塞进了他的行囊，并嘱咐："要注意安全……"

想到这一幕幕，方彬的眼泪就忍不住地流淌。此刻，他只能用祝福来思念远方的亲人：你们还好吗？

9月26日，方彬第一次驾驶着小艇为舰艇运输物资。领导不停地叮嘱大家：要注意安全，因为在印度洋海域，海况时好时差，在海面还会有吃人的鲨鱼经常"光顾"。

有着多年操舵经验的方彬也被这种种不安全的因素困扰着。领受了任务后，他与3名战友坐到了小艇上。发动机器后，小艇向地方商船慢慢靠近。一切似乎很顺利，他们装完了近1吨的物资后，慢慢向母舰返航。

◎千岛湖舰吊装补给物资(代宗锋　摄)

由于小艇的承载量小，方彬和战友们几乎与海面平行。“班长，有鲨鱼！”战友小张一声惊叫，让他突然紧张了起来——

左前方，一条长达1米多的鲨鱼正在徘徊。虽然坐在小艇上相对安全，但海况如此复杂，如若操作不慎，很可能引发翻船，那后果将不堪设想。

4名水兵顿时感受到了生死考验，每根神经都保持高度紧张。作为班长，方彬努力地控制着航速，准确判断风向和流向的干扰，最终安全完成了6个来回的运输任务。

◎千岛湖舰舰员驾驶小艇运输物资（代宗锋　摄）

一眨眼间，半年过去了。11月25日，是方彬护航最值得骄傲的一天：他被第三批护航编队评为“十佳护航尖兵”。

方彬心里甭提多高兴了，把这个好消息第一时间告诉了亲人。电话那边，母亲显得十分激动：“儿啊，我们天天在电视里看你们的护航新闻，一看到你们，我就感到自豪，你要好好努力，我们等你凯旋，别忘了今天是你的生日，祝你生日快乐。”

恍然间，方彬才发现：“今天真的是我生日，我34岁了。”摸摸自己的脸，已不再那么稚嫩，而是多了几道沧桑的皱纹。

夜晚，方彬躺在床上，母亲的话是那么地暖心。在无际的大海上，这些会代替孤独，在烦躁不安的时候为他鼓劲打气，烦恼和不开心也会随之烟消云散。

（五）难忘那些挂满油污和汗水的笑脸

回顾自己与千岛湖舰结缘的日子，机电部门主机分队第三任分队长顾新春感慨万千——

十年前，他还在教室中为了学业埋头苦读；十年后，他已成为中国海军的年轻军官。

十年前，他还最多只是往返于家中和县城的高中，十年后，他已越洋过海，数次踏出国门，执行多次重大任务。

十年前，他逐渐建立起自己的海军梦想；十年后，他已实现自己的梦想，并且，仍将沿着这个梦，继续前进！

第一次听说千岛湖舰，是从新闻里听说她远赴亚丁湾执行护航任务。那时的千岛湖舰，是那么英姿飒爽，荣耀在身！

顾新春记得，2011年第一次得知自己被调入千岛湖舰时的那份激动向往之情。他还记得，第一次随舰解缆启航执行第十二批护航任务时心中的豪情万丈。

十年来，一代代千岛湖人，为一个共同的梦想，而走到了一起。一起吃苦，一起欢笑，一起劈波斩浪，一起出生入死！

◎护航编队进行海上补给作业（胡善敏　摄）

2012年，第十二批护航任务出发后第二天深夜，主机当更人员发现：连续的高强度振动导致主滑油出现泄漏，不得不停机拆开管路紧急焊补。

◎千岛湖舰开展油料补给针对性训练(代宗锋　摄)

为了不影响舰艇顺利按时抵达任务海区进行交接，千岛湖舰主机人员全部投入紧张的修理中去。

左主机刚刚一停车，大家就顶着机舱高温和震耳欲聋的机器轰鸣声，分工合作，开始一场与时间的赛跑。

机器虽已停止，但是管路温度依然高达60多摄氏度。二级军士长王班长身先士卒，从狭小的管隙中钻入舱底管子下面。为了能更快地拆卸管子，王班长拧扳手的手掌都被烫红了。

王班长毫不在意，用抹布包起手掌，接着干；乌黑的滑油溅到身上、脸上，擦一擦，继续干！

需要什么工具，只能在对方耳边嘶吼着才听清，或者打手势不停地比画。这样的景象，对于主机部门的官兵来说，却再平常不过了。

紧张的修理工作持续到凌晨四点多。看着机器又能轰鸣着载着舰艇前行，大家才长舒一口气。

每一次修理完，战友们一个个脸上、身上到处是夹杂着汗水的污油污水，还有成功排故后的那份释然愉快。看到这样的笑脸，谁能不被真心感动？

（六）我骄傲，我是千岛湖舰的帆缆兵

作为一名帆缆兵，千岛湖舰补给部门帆缆区队长郭峰倍感骄傲。

帆缆专业，在补给舰算是比较特殊的存在——每次补给，都是帆缆兵打头阵。一句响亮的“引缆发射成功”，那便是补给开始的先兆，紧接着索道架设，距离索连接，四处都可见帆缆兵的身影。

大家都说“专业好不好就看手上的老茧多不多”“功夫深不深就看肤色黑不黑”。对帆缆兵而言，汗流浃背那是家常便饭，日晒风吹也早就习以为常。

也许有人会说：“这个专业不就打杂的么？”可若没有这些看似平凡的水兵，没有这些琐碎的工作，谁来保证顺利实施补给？谁来保证补给安全圆满？

第二十九批亚丁湾护航任务中，一次靠泊补给，本是平静的海面忽然风浪大作。三舰并靠后，上下起伏摇摆不定。当时，左右舷碰垫挤压严重，导致三舰舰体时有碰撞，随时可能发生钢缆断裂的险情。

当时，郭峰正在值班。他发现情况不对，立即向上级汇报，随后召集区队人员。官兵们将插接好的钢缆迅速加固到原钢缆上，这才稳住了舰艇间的距离，为之后三舰撤离争取了时间。后来，听说护卫舰的系缆柱都拉斜了！想想真是令人后怕。

还有一次，航行海区台风忽至，海况变得恶劣起来。上级命令千岛湖舰就近抛锚避风。

外海不比近海，海水较深，需先电放锚链入水。有一次，郭峰带领战友如往日般合上离合器，打开锚链制，打开刹车，准备电放20米锚链到水中。

谁知，在电放途中，突然锚不受电力控制骤然往下掉！大家都慌了神，情况十分危急。说时迟那时快，郭峰立即下令切断电源，手动打死刹车，这才阻止了锚链继续下坠的险情。

事后仔细检查才得知：原来，是电机与锚机齿轮的连接轴螺丝松动脱落。

◎千岛湖舰吊装补给物资(代宗锋　摄)

像这样惊险的情形，在护航任务中，并非个例。千岛湖舰上的帆缆兵，正是在一次次考验中历练成长。

（七）千岛湖舰“舵主”奇遇记

海军一级军士长朱文亮，在千岛湖舰上有个响亮的名号——“舵主”。

作为航海部门的操舵班长和一名1995年入伍的老兵，朱文亮参加过第三、四和第七、八、十二共五批护航任务，总计航程14万海里，其中独立操纵航行4万海里，还为千岛湖舰和兄弟舰培养出了一大批优秀的操舵手。战友们都开玩笑称他为“舵主”。

要问“舵主”是如何养成的？且看朱文亮一次次护航奇遇记。

第三、四批护航时，参护的中外商船特别多，每次都有20多艘，最多的一次有30多艘。商船们在起护点组队出发时，偶有海盗小艇也混入其中。因为，这个时候商船速度慢，很容易被劫持。

于是，中国海军护航编指下令，让千岛湖舰两条高速小艇担任警戒。朱文亮作为操舵班长，也是一号高速小艇的艇长。

一次，千岛湖舰两条高速艇正担任警戒，突然一艘可疑的海盗小艇，横穿商船编队。这时，对讲机也传来指示，要求他们对可疑小艇进行查证。

不过，可疑小艇速度有30多节，而朱文亮带的两个小艇最多跑二十七八节，根本追不上！

于是，朱文亮立即用对讲机和驾驶二号高速艇的刘岳凯沟通，采取包抄拦截的方法，用最快的速度逼停了可疑的海盗小艇。

谁知，可疑海盗小艇的三名外籍人员把很大的一条鱼高高举起，以此来证明他们是捕鱼的。朱文亮还是仔细地进行了检查，确认他们没有武器后，将他们驱离了商船编队。

亚丁湾骄阳似火，官兵们每次出去巡逻警戒，都穿着救生衣、防弹背心，戴着钢盔，背着冲锋枪。回来后，大家救生衣后背都被汗水浸透了。

“看着小艇上随风飘扬的中国海军军旗，看着商船上的船员向千岛湖舰挥手致意，看着甲板上用红色油漆写的‘祖国万岁’，一种自豪感油然而生，再累都是值得的。”朱文亮说。

2009年2月20日，亚丁湾海域风急浪高，千岛湖舰与舟山远洋渔业公司8艘渔船组成的编队正在夜色中缓缓前行。

突然，甚高频里传来一艘渔船向千岛湖舰呼救：“我船一名船员突发腹痛，已两天无法进食，无法小便，情况危急，请求贵舰快速救援。”

接到呼救，正在聚精会神值班的时任舰长水国兴神情略显紧张。水舰长望着正在操舵值更的朱文亮问：“夜间，这样的海况，施放操纵小艇是否有把握？”

“有把握！”朱文亮简洁有力的回答顿时消除了舰长的疑虑。“好，信号班长立即发报文，请示编指，我舰立即做好吊放小艇准备，医疗组做好急救准备。”舰长下令。

作为一名操舵兵，朱文亮为千岛湖舰把定着航向；作为一名小艇艇长，他又担负着海上物资过泊、接送特战队员、对可疑海盗小艇临检拿捕等任务。

朱文亮立即打电话到住舱，通知段野迅速到驾驶室帮他值班，自己则快速穿好救生衣，背上扫海灯，拿上小艇钥匙。

“你舰迅速组织小艇接病人上舰，务必精心营救，及时上报情况。”甚高频传来编指的指示。

舰长立即命令两停车，发布吊放小艇部署。朱文亮以最快的速度跑到右舷小艇甲板，同航空部门的张邓强、帆缆兵王飞炎迅速登艇。

供电、放艇，小艇快到水面时，朱文亮启动小艇。小艇一落水，他立即命令王飞炎解脱艇艏的缆绳，自己顺势解掉艇尾的缆绳。

漆黑的海面，倒车，右满舵，甩开艇尾，停车，回舵，加速，右满舵，朱文亮娴熟地驾驶着高速艇，仅凭那若隐若现的灯光，向远处渔船极速驶去。

灯光越来越亮，渔船越来越近，十几分钟后，小艇到达正在漂航的渔船。此时，朱文亮已清晰地看到渔船的船员们正焦急地向水兵们招手。

可由于当时的涌浪较大，小艇靠泊渔船难度较大，把病人接到艇上更加困难。凭着丰富的操艇经验，朱文亮决定用艇艏顶住渔船的船舷，不停车，再加着速度，缆绳都不用带，既节省了时间又安全。

这时，邓强和王飞炎顺势把病人抱到艇上，朱文亮开艇加速。小艇被吊起，舷边盼望的战友们不由得响起热烈的掌声。搬运人员和医疗组的急救人员迅速用担架将病号抬到医务室急救。

这时，朱文亮才从紧张忙碌的气氛中缓过神来，发现自己的衣服和鞋子全湿了。换好衣服、鞋子，他又回到驾驶室值班岗位上。

经过细致检查，医疗组会诊为病人尿路结石，若不尽快治疗将危及生命。经过十多个小时的治疗，病人的病情终于有了缓解，也渐渐稳定了下来，战友们都感到很欣慰。

后来，舟山远洋渔业公司多次发来电文，不断感谢千岛湖舰护航官兵的帮助。此次营救行动也受到了编指的发电表扬。

通过亲身参与这次营救，朱文亮对“为国家利益保驾护航”有了更深刻的理解：我们是值得祖国人民信赖，是他们可以托付生命的人。

◎千岛湖舰观通部门战士开启探照灯，加强对海面进行观察（代宗锋　摄）

（八）“富二代”的秘密

那几天，坐拥千万资产的徐友贵心里乐开了花。因为以前他那个曾在家开宝马、抽中华、穿金利来的儿子长大了。

让他发现儿子长大了的缘由，是网上发出的一张儿子操纵冲锋舟的照片。

他的儿子徐夏冬，现为千岛湖舰操舵兵。

作为“富二代”的徐夏冬，上舰半年就跟随第八批护航编队远赴亚丁湾、索马里海域执行护航任务，这多少让他有点兴奋。

当兵第2年就执行如此大的任务，对一个上等兵来说，是多么大的荣耀。听说消息的当时，徐夏冬一激动就把电话打给了疼爱他的奶奶。

谁知，这电话一打，徐夏冬的“麻烦”接踵而来。

听说自己的孙子要去亚丁湾、索马里海域护航，徐夏冬的奶奶第一个反对。她当即找到徐友贵说：“徐家三代单传，先不说夏冬从小就没吃过什么苦，但想想那些杀人不眨眼的海盗，就不能让夏冬去。要么你想办法不让他去，要么就找个理由让他提前退伍回家……”

军人出身的徐友贵，打从心眼里想让儿子通过这次去亚丁湾、索马里海域执行护航任务锻炼一下的。他认为，别人家的孩子能去，自己家的孩子为啥就不能去，再说自己当年也是从部队里锻炼出来的。

自己想归想，可徐友贵最终没有抵过压力，不得不当着母亲的面，给徐夏冬所在部队的领导打电话“求情”。

自从徐友贵打了那个“求情”电话之后，奶奶一天几个电话追问徐夏冬：“有没有领导找你谈话？”奶奶还再三叮咛：“如有领导找你，你就说自己身体不行，不能执行这项任务。”

本以为会得到奶奶的支持，可没想到却适得其反，遭到了奶奶的反对。徐夏冬一下陷入了两难的境地——

一方面自己想去执行这次任务，另一方面又不好伤了奶奶的一片“苦心”。

殊不知，徐夏冬早就不是奶奶眼中那个处处需要呵护的孩子了。在千岛湖舰上，他学的是航海专业兼任冲锋舟驾驶员，他的专业不仅在同年兵中名列前茅，而且在几次考核中都表现突出，多次受到舰领导的表扬。

为不让奶奶“拖后腿”，徐夏冬找到了时任舰政委祁大桃吐露心声：“以前，我一直认为家里条件好，当两年‘和平兵’，回家后就开始帮着父亲打理生意。自从来到舰上后，我的想法就改变了，男人的胸怀就应像大海一样宽广，男人的魄力就该像战舰那样乘风破浪。如果当两年水兵，连真正的‘风浪’都没有见过，还不如不来。”

接着，徐夏冬把自己的想法说了出来，想让祁政委“帮”个忙。这时，一头雾水的祁政委才明白过来是怎么回事。

第二天一大早，祁政委就去了支队机关。

当天下午，徐夏冬便把电话打给了奶奶说：“领导找我谈话了，我说身体不行。可领导说,前段时间体检时我身体并没毛病。现在,领导给我安排了个不危险的岗位,让我当通信员。您看行吗?"

听孙子这么一讲,奶奶也不好再说什么。因为那段日子,她逢人就问护航编队的情况。别人告诉她说:中国海军的钢铁巨舰去对付几艘索马里海盗船,那是大炮打蚊子,根本没有危险可言!

为给奶奶吃个"定心丸",进入亚丁湾海域正常护航阶段后,徐夏冬每次都在电话里跟奶奶唠叨,通信员的工作很辛苦,每天白天要干什么,晚上还要干什么。

而奶奶却一本正经地安慰孙子说:"只要没有危险,苦就苦点吧,坚持着!"

可奶奶压根就没有想到,她的孙子根本就没有去当过什么通信员,干的还是原来的老本行——操舵手。

不仅如此,徐夏冬还在编队组织的几次模拟攀爬商船演练中表现突出,每次都熟练地驾驶着冲锋舟,搭载着特战队员冲在最前头,那冲锋舟开得又稳又快。

瞒过了奶奶,但瞒不过爸爸。前不久,编队组织反海盗劫持演练,徐夏冬再次操舟浪里飞渡。没想到,自己驾驶冲锋舟的"英姿"竟然被随舰记者拍成了新闻照片,并在网上发表了出来。

网上发出来的当天,徐友贵就看到了。当时,他的心一紧:儿子不是说去当通信员了吗,怎么还会出现在冲锋舟上?他又一想,忽然间就明白了。原来,儿子学会"哄人"了。

随后,徐友贵与家人约定,一定要守好儿子的这个"秘密",不让奶奶知道。

◎舟山舰准备接受补给（代宗锋 摄）

（九）“中国玫瑰”飘香海外

2011年2月2日，执行护航任务的千岛湖舰驶入阿曼萨拉拉港，进行为期5天的休整。

那时，恰逢英国皇家海军一艘测量船也在此休整。两国海军官兵进行了足球比赛等文体活动。后来，英方邀请千岛湖舰官兵出席英方组织的甲板招待会。

执行护航任务的第七批护航编队千岛湖舰上，有一个由女战士组成的女兵班。这是海军护航以来舰艇上首批走上战位的女兵班。

杨娟、丁玲、由琪、叶柳缨、于浩淼、杨艳、陈晨、刘彩、张璇、章岩等10个女兵经过4个多月的理论学习和在护航任务中跟班实际操作培训，通过严格的考核，分别获得了舰艇雷达、操舵、信号、帆缆、报务5个专业岗位的操作资格，被正式编入舰艇战斗岗位。

作为女兵代表，千岛湖舰通信兵杨娟登上英舰。一进餐厅，英国官兵的绅士风度尽显无遗。他们不停地与千岛湖舰官兵握手致意，还有人用发音不准的“你好”和中国海军官兵打招呼。

大家边吃边聊，英舰长迈克·菲利普斯中校站起来说：“我有一件礼物献给中国朋友。”随着熟悉的旋律响起，英国舰员格兰特深情地唱道：“好一朵美丽的茉莉花……”虽然他的中文发音有些别扭，但千岛湖舰官兵依然把热烈的掌声送给了他。

正当中英两国的水兵沉浸在歌曲的优美旋律中时，格兰特来到杨娟身边，邀请她表演节目。

“事先毫无准备啊，怎么办？”但这难不倒中国海军女兵。祖国五千年的文化博大精深，给了杨娟十足的自信和底气。她清清嗓子，决定展示一下中国文化的魅力，给英国同行朗诵一首徐志摩的《再别康桥》。

“下面我为大家朗诵一首《再别康桥》：Very quietly I take my leave，As quietly as I came here……”迎着海风，杨娟用流利的英语，把这首优美的诗词的意境，演绎到了极致。

情到深处，连杨娟自己都十分感动。而这首诗作激起的共鸣，让眼前的这些外国同行们，个个眼里噙满了泪花。

朗诵完毕，迈克舰长站起来率先鼓掌，现场所有的人都跟着忘情地鼓掌。

在英国，人们把最美的女人比喻为玫瑰。迈克舰长伸出大拇指称赞杨娟是“中国玫瑰”。格兰特激动地握着她的手说：“我的家乡就在剑桥，康桥是我以前常去的地方。你的朗诵仿佛把我带回了美丽的康桥，没想到在万里重洋的亚丁湾，还能听到关于家乡的诗，谢谢你，中国玫瑰！”

“敬礼！”离开那一天，英军联络官专门带领官兵到码头告别。

这标准的军礼，传递着一份沉甸甸的尊重！看到这一幕，千岛湖舰女兵班的水兵们自豪涌上心头。

◎千岛湖舰解缆离开码头（代宗锋　摄）

2015年6月,亚丁湾东部海域,风大浪急。正在为"远春湖"号超级油轮实施特殊护航的海军第二十批护航编队千岛湖舰驾驶室内,一名文弱的女兵正在忙碌着。

只见她时而通过甚高频与被护船舶通报航线周边的可疑目标,时而通过信号灯与过往军舰打招呼,动作干净利落。

这名上等兵是千岛湖舰信号班女兵——张梦婷。说起这名逐梦大洋的女孩,千岛湖舰官兵都会竖起大拇指。

"我航向航速已稳定,你现进入我补给阵位。"随着指挥员口令,张梦婷把升到一半的信号旗组迅速升到顶端,并通过信号灯与受补舰艇联系,明确距离、方位等补给要素。

当地时间2015年5月26日上午,千岛湖舰和济南舰首次利用护航间隙,展开了航行补给训练。担负信号值班的张梦婷报告口令清晰,26条信号传递准确无误,受到保障指挥所指挥员潘志强的表扬。

其实,上舰之初,面对手旗、灯光、形体、视觉、超短波和旗号等业务,张梦婷有些不知所措,不知道从哪学起,有点忙乱。经过冷静思考之后,张梦婷给自己定下了目标:一个月通过独立值更考核。

读码是信号兵的基本功,训练时要求眼睛一眨不眨地盯着信号灯。普通人对着不断变换的灯光看,能练到一分钟不眨眼已经很难,张梦婷给自己定下两分钟的目标。收发报文要求快速、准确,她每天在模拟训练机上练习到深夜……不到一个月,张梦婷就实现了自己的目标。

“海军是国际化兵种，要想当好一名国际化的舰艇信号兵，必须懂国际信号。”多次走出国门的班长蒋正奎告诉张梦婷。

为尽快掌握国际信号，编队起航前，张梦婷借来了班长以前的培训课本和课堂笔记自学起来。《海军国际信号规则》《国际信号常用通信句子汇编》《海上相遇避碰规则》等4本书，她也一章一章地学、一页一页地读，遇到不懂的问题随时向班长、舰长请教。

在此次护航中，千岛湖舰既当“保障队”又当“战斗队”，多次担负护航任务。5月8日，千岛湖舰为4艘外籍商船护航期间，被护商船附近出现多艘可疑小艇。

此时，驾驶室里工作繁忙，各种口令声此起彼伏，有指挥舰艇航行的，有指挥火力支援组准备实施拦阻射击的，还有不断和商船及附近外国军舰沟通的——英语“南腔北调”，英文航海专用名词缩写“五花八门”，在驱离可疑小艇的过程中，张梦婷共接收、发出各种信息120多条，全部准确无误。

工作之余，张梦婷还利用自己播音主持的特长，担任舰上“千岛湖舰之声”小广播主播和“千岛湖舰新闻”电视台主持人。舰上每次组织文体活动，张梦婷都是主持人的最佳人选，官兵们都说，张梦婷到哪里，欢乐就在哪里。

其实，快乐的张梦婷在一个人的时候，心底也常常泛起涟漪。那次，千岛湖舰组织“践行强军梦，护航当先锋”演讲比赛，张梦婷以“走向大洋，我的未来不是梦”为题讲述了自己追逐梦想的经历。

小时候，家乡连续3天的大降雨导致洪水来袭，前来救灾的解放军战士蹚着齐腰深的水赶来抢救学校物资的场景让张梦婷久久不能忘记。

反映海军题材的电视剧《旗舰》热播后，更坚定了张梦婷当海军战士的想法。2013年7月，已经得知被陕西师范大学录取的张梦婷，听说海军在家乡招收女兵的消息后，做出了让家人惊讶的决定：当兵去，上舰艇。

不上大学去当兵？顿时家里炸开了锅，在一番和家人的“斗争”之后，最终父母选择了支持张梦婷的决定。

“我是一个兵，我要当出兵的样子。”入伍第一天，张梦婷在日记本的扉页上这样写道。新兵集训、专业学习……冲锋一路，成长一路。最终，张梦婷以优异的成绩，通过了各项考核，被分配到了千岛湖舰。

◎千岛湖舰女兵站泊列队（代宗锋　摄）

2015年2月，千岛湖舰接到命令，赴亚丁湾、索马里海域执行护航任务。听到这个消息后，张梦婷却犯了难，如果要参加护航任务，她将失去考军校的机会。

护航还是考军校？她最终选择了护航。“军校可以明年再考，参加护航任务机会难得，我要在亚丁湾追逐我的梦想——成长为一名优秀的国际化舰艇信号兵。”在演讲中，张梦婷这样说。

“战斗警报！”刺耳的铃声在千岛湖舰上骤然响起，张梦婷向自己的战位飞奔过去……

（十）与海盗的“亲密较量”

千岛湖舰时任副航海长方明参加了第七、八批护航任务。他第一次走出国门，就与海盗进行了一次亲密较量。

2010年12月13日18时左右，执行第七批护航任务的“千岛湖”号综合补给舰和“徐州”号导弹护卫舰护送一批商船从亚丁湾西部航渡到东部。

当时，方明正在值航海更，驾驶室突然拉响战斗警报“一级反海盗部署”。原来，瞭望更发现编队后方一艘载有5人的可疑海盗小艇正高速向护航编队接近。

情况紧急，压力陡增，操纵指挥员立即下令“右满舵”，各级领导齐聚驾驶室，气氛骤然紧张。

情势紧迫，一旦处置不当，将会造成不可想象的后果。指挥员之间的交流急促而严谨，没有多余的话。片刻后，一连串的指挥口令沉着有力地发出。随即,特战队员迅速到达战位,荷枪实弹守卫在驾驶室一侧,密切关注可疑船只的动向,随时准备警示驱离。

只见,快速小艇根本不把附近护航编队放在眼里,直奔编队后方中国籍北欧“阿波罗”号商船。千岛湖舰高音喇叭随即发出“Lay down your arms……”并连续发射两发红色信号弹和四发爆震弹以示警告。

海盗小艇不甘示弱,反而又高速驶向附近一艘巴拿马籍商船并试图攀登,海盗手持火箭筒瞄准商船,以示威胁。

此时,徐州舰高速赶到,借着吨位小机动灵活的优势,插入护航编队迫近海盗快艇,重机枪一阵急射迫使海盗放弃商船向后高速逃窜。

为彻底解除威胁及震慑海盗,千岛湖舰的舰载直升机起飞追击,重机弹在海盗快艇四周溅起一片浪花。

海盗无路可逃,不得不扔掉枪支和油桶,解除武装,高举双手投降。

这起偷袭事件虽然以成功护卫收场,保证了商船和人员安全,但危险海域海上交通安全再次引发广泛关注。

参加护航的官兵都知道,每当我们的军舰靠港也门、阿曼、吉布提补给休整,都能切身感受到祖国发展之迅速。如果没有改革开放,我们生活条件可能还会很艰苦,军事装备水平可能还很落后。

每当护航军舰靠港访问时,许多华人华侨都前来参观,有的从很远的地方赶来,只为看一看祖国的人,听一听家乡的话,触摸一下流动的国土——军舰。

华人华侨的思乡情是官兵们无法体会到的，他们心里都深爱着自己伟大的祖国，都深切期盼着祖国越来越强大。

2011年2月，受利比亚局势持续动荡影响，中国驻利比亚的华人华侨人身安全受到严重影响，随时有可能受到伤害。

千岛湖舰为益阳舰进行补给后，益阳舰经过六天连续航行，穿越红海，抵达地中海利比亚附近海域，为撤离中国在利比亚被困人员提供支持和保护，使我国在利比亚的华人华侨能以最快速度回到祖国。

被撤离的一位上海人说："看到了中国海军启程前往利比亚，我和同事们就看到了希望！"

◎护航编队航行在亚丁湾海域(代宗锋　摄)

第五章

搜救马航失联客机，彰显大国担当

这不是训练或演习,这更像一场充满不可测因素的战争。

当关于飞机去向的各种猜想满天飞的时候,当其他力量从各个方向深入调查的时候,当海上搜索一次次失望而归的时候,搜救舰船只能、也必须继续专注于一件事:赶赴,并以有限的能力寻找。

包括千岛湖舰在内的海上搜索力量看上去永远在奔跑——不是在搜救海区机动搜索,就是在驶向下一个海区的路上。

（一）军令如山，千岛湖舰受命远征

那是一架让全世界牵肠挂肚的飞机——载有239人，其中154名为中国人的马航MH370，消失在海空之间。

那是一段刻骨铭心的日子——在参加多国联合应急搜救马航MH370的1443小时里，千岛湖舰既是补给舰，也是战斗舰，在世界海军舞台上，赢得了一束亮眼的追光。

常年风力在8级以上，浪高4到5米，参与搜救马航失联飞机的多国舰船认为“该海域不适合进行补给”。

2014年多国联合应急搜救中，南印度洋上咆哮的风浪成为许多千岛湖舰官兵最深刻的记忆之一。

聊起那一次搜救，女兵赵娇严肃地说：“痛不欲生！”说话时，她那又大又圆的眼睛眯成一条线。

军令如山。3月10日，千岛湖舰接到为执行搜救马航失联飞机舰艇编队进行远洋补给的任务。

时间紧、任务重、补给量大，东海舰队迅速启动应急机制！

市场现购、仓库出货、供应商前送……很快，舟山、宁波、上海等地的物资源源不断汇聚军港。

24个小时内，千岛湖舰完成了近万吨燃油和淡水，几十吨蔬菜、水果、冻品等后勤物资的装载，任务准备效率之高，创下了中国海军大型综合补给舰跨国执行非战争军事任务物资筹措、装载时间最短的纪录。

◎千岛湖舰起航奔赴预定海域(代宗锋　摄)

3月的南印度洋,咆哮的西风占据了天气的主场。千岛湖舰航行在波涛之间,撞开的巨大水花拍在甲板上。发报室里,赵娇和郑雅莎紧紧靠在一起,挽着彼此的胳膊,坐得笔直。

“莎莎,要不你把我打晕吧!”赵娇有气无力地说。

话音刚落,郑雅莎松开挽着她的胳膊,扯开身边的塑料袋就吐。中午吃的东西已经吐得精光,干呕出的酸水弄得她泪眼婆娑。

“都怪你,说好了不提‘晕’字的……”坐直了身子的郑雅莎埋怨赵娇。

这两个小女生已经不记得这是第几天吐的第几回了。舰体的剧烈摇晃,让她们的两小时值更变得异常艰难。

异常艰难的不只她们。

补给兵宋良已经把自己拴在罗经柱上快一个小时了,这个方法还是上一班更的罗志刚教他的。风浪太大,稍不留神就有可能从甲板跌入大海。

搜救任务艰巨,这名年轻的补给兵,在没有补给作业任务的时候,会被编进瞭望更。这天,他们的任务是前往预定海域,搜寻3个红色的可疑漂浮物。

透过舷窗,雨水将宋良的轮廓模糊成一尊雕像。遇上这样的恶劣海况,舰领导会缩短每一班的值更时间,大家也会自己想些办法保障安全,也保证完成值更任务。

其实对于宋良来说,两小时的瞭望更不是最艰难的挑战。在大风浪里给受补船只进行补给作业,才是最难的。

前一天在为海口舰实施航行横向补给时,舰艇左右摇摆已经超过了10度。这是千岛湖舰入列以来遇到的最为恶劣的补给海况。按照航行补给条件要求,这样的恶劣海况下,补给几乎是难以进行的。

两艘军舰在大风浪中保持着统一航速,一条钢索悬在两舰之间。远远望去,心会瞬间提到嗓子眼儿——有那么一瞬,两条舰几乎要碰到一起了!

那也是陈炎财最紧张的时刻。时任千岛湖舰副补给长的他,从将补给物资推出仓库的那一刻起,心就悬着。钢索在上一次补给时发生了故障,虽然及时排除,但这么大风浪,万一再出问题,就危险了。

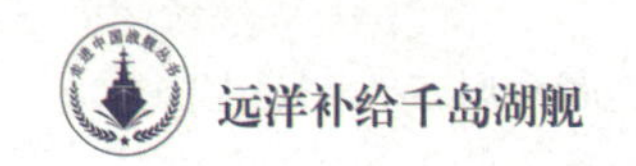

整个补给过程持续了长达6个小时，陈炎财在舱面指挥了6个小时。当钢索从海口舰缓缓收回，他长长舒了一口气。转身回到舱内，陈炎财双手掩面，狠狠地揉搓着自己的脸。这是他过往生命中最难熬的6小时，此刻的释然，让他觉得自己是做了一场惊险的梦。

由于任务准备时间短，搜寻工作开展半个月后，任务编队多艘舰船油、水、食品消耗过半。

◎横向液货补给结束，千岛湖舰补给部门收回距离索(代宗锋　摄)

那天，驾驶室里，所有人屏气凝神。千岛湖舰不断调整着和受补舰的航向、航速、间距。补给部门干货班班长夏保林则在操作台上操控索道的架设、货物的传送。

在大风浪条件下，如果把握不好货物传送的时机，很可能造成装备的损坏，甚至导致人员受伤。从上午8点到下午4点，8个小时的补给中，夏保林没喝一口水、没吃一口饭，全时铆在操作台上，保证了补给的顺利完成。

此次搜救任务是千岛湖舰首次在远海参加大规模联合搜救，搜索面积、持续时间都属空前；首次在临界海况条件下实施昼夜综合补给，补给数量、作业效率均创纪录。

◎海上搜救期间，千岛湖舰在搜索海区乘风破浪前行（代宗锋　摄）

61天后，千岛湖舰平安返回舟山。靠港时，赵娇“眼泪都要掉下来了”。那一次的搜救经历，让千岛湖舰官兵也越来越清楚地意识到，如果没有远洋补给，挺进深蓝就将成为一句空话。

（二）夜夜都梦见那架飞机

瞭望、发现疑似目标，前出查证，尔后叹息。

负责瞭望任务的水兵宋良曾以为，泰国湾口遍布飞机残骸。可事实上，一天又一天，平静如镜的泰国湾海面之上，只有浪花、波光与云朵投下的阴影。

2014年3月26日，由千岛湖舰、昆仑山舰以及海口舰组成的中国海军搜救舰艇编队，抵达南印度洋某海域预定搜索起点，开始平行联合搜索。

千岛湖舰担任编队指挥舰，各舰载导航雷达通过变换量程，以不间断、全覆盖模式进行海上目标搜寻。

下午，千岛湖舰与“雪龙”号科考船展开军地首次联合搜救行动。

结合当时洋流流速为0.5节至1节的实际情况，两舰船之间的搜索间距定为2海里，双方各负责左右舷1海里的搜索范围，以白天最小间距的模式进行单横队平行地毯式搜寻。

4月1日，千岛湖舰接上级通知，在澳方的统一协调指挥下，于搜索海区的东北边缘寻找5个红、白、绿色不发光疑似漂浮物。

◎千岛湖舰与“雪龙”号科考船在南印度洋搜救海区进行联合搜索中(代宗锋　摄)

◎千岛湖舰高速救生艇在海上快速机动，打捞疑似漂浮物(代宗锋　摄)

接到指令后，千岛湖舰在高速机动的同时，运用远程数学模型支持，实时分析海区复杂多变的洋流和风向风速，精确推算出漂浮物的漂移范围。

官兵们灵活使用雷达、望远镜、夜视仪、扫海灯等观察器材，昼夜连续精密搜寻。

利用多种打捞手段，他们快速成功打捞起所有的漂浮物。然而，经过综合研判，漂浮物系过往渔船航行过程中散落的物品，与马航失联客机无关。

因为心存希望，因为相信奇迹，因为这一刻等待已久，参加搜寻任务的官兵看到海面上每一个漂浮物，都像是来自那架失联飞机。

官兵们心情矛盾：找到飞机残骸，即可打捞、解谜；找不到，或许意味着那200多人还有存活的其他可能性？

像是坐过山车，上一秒还站在期待的巅峰，下一秒已跌入焦灼的深谷。又如被惊涛撞击的礁石，一次次摔打得伤痕累累。

时间把希望一点点击碎。展开搜寻的第一个星期，很多人夜夜梦见那架飞机，静静漂浮在一方清澈见底的水上，或是安然降落于大洋深处某个小岛。

一个月后，飞机从他们的梦里也消失了。

“左舵5，航向220……”在此起彼伏的口令声中，一个女孩子清脆的声音尤为突出。

身材娇小的千岛湖舰操舵兵陈晶把自己拴在自动操舵仪的支架上，目视前方，双手紧握手柄，稳稳地操纵着舰艇。

“海况不好的时候，航向很容易出现超过3度的偏差，而这小小的偏差，会导致舰艇大大偏离搜寻航线。”为了让舰艇的航向更精确，陈晶在值班时不依赖自动舵，而是常常变换成随动舵，也就是把自动模式改成手动模式。

中国是最早发明独木舟的国家之一。或许是顺水而下的木块，或许是漂流溪涧的树叶，让人类有了造船灵感，让世界从此有了出走与迁徙、毁灭与拯救、战争与和平。

然而，中国海军派出的战舰终究没能成为诺亚方舟。

无数个黎明与黄昏，无数次风雨阴晴，眼前的海呼啸着而又沉默着，喧哗着而又冷冷地寂静着。

几百年前的大航海时代，开创了人类认识世界的全新维度。但直到今天，我们对海洋的所知仍然极为有限。即使置身万吨级现代化舰艇之上，前方幽深几许，而目标所在依然未知的无助感，挥之不去。

◎千岛湖舰官兵将打捞上来的漂浮物从高速救生艇上转移到舱面（代宗锋　摄）

（三）在大海里，一根针寻找另一根针

这是一次依托不确定的信息、在不确定的地点展开的搜救行动。

正如澳大利亚国防军副司令马克·宾斯金所言："我们不是在'大海捞针'，我们还没确定那片'大海'在哪里。"

3月31日，正在南印度洋执行搜救任务的中国海军舰艇编队结束原来搜索区域搜寻任务，转往新任务海区。千岛湖舰立即调整航向、高速机动。

受温带气旋影响，在航渡过程中千岛湖舰遭遇风雨，海上能见度只有1至2海里。高速机动的同时，千岛湖舰持续开展搜寻，启动能见度不良模式应急处置，雷达全部打开，缩小搜索间距，增大搜索密度，确保风雨中对疑似漂浮物的有效观察。

如果用专业术语描述海上搜索的方式，大概是这样的：水面舰艇沿纵向、横向两条航线呈"弓"字形行驶，把搜索海域分割为大约2海里×2海里的小方格；可疑目标信息比较确定的情况下，则采取扩展搜索法，从最接近的位置开始，一圈圈扩大搜索半径。在舰艇启用雷达、光电、红外等全部观测器材24小时不间断瞭望的同时，舰载直升机以平行和扩展方式组织空中搜索。

能见度好的话，以这般拉网式密集搜索，寻得目标的概率在理论上很大。然而，各国搜救力量曾发现过鲸鱼尸体、水母、集装箱以及各种稀奇古怪的垃圾，但就是不见失联飞机的影子。

受西风带影响，澳大利亚珀斯附近的南印度洋海区属季风洋

流,洋流大体向东。不过,多个局部海区方向多变,而风力影响下表面洋流的方向又各不相同——世界海图上,这片海域布满代表“观测不充分洋流”的虚线。

4月1日那天,聚集在100多海里范围内的4艘中国军舰,竟然测得4个不同方向的风向和洋流。

尽管早已过了“黄金救援期”,每一次的搜索都是争分夺秒。海天之间,从蔚蓝渐渐变作深灰、进而一片漆黑,笼罩在无边水天中的军舰最后又是一无所获。

4月23日,在热带风暴“杰克”外围影响和冷空气的共同作用下,任务海区浓云密布,涌浪约4米,风力达到9级。

随舰气象工程师何君姮提前预测到这一情况,仔细比对上百张分析图,与专家进行气象会商,向指挥所提出短时间内搜索完毕,及时撤出受超大风浪影响搜索区的建议。

(四)亲历这场非战争军事行动

这不是训练或演习,这更像一场充满不可测因素的战争。

两栖登陆舰、导弹驱逐舰、导弹护卫舰、综合补给舰……中国海军参与此次搜救的舰船几乎囊括了海军现役的主力战舰型号,搜索方式覆盖空中、海面、水下,累计搜索面积超过50万平方公里。

当关于飞机去向的各种猜想满天飞的时候,当其他力量从各个方向深入调查的时候,当海上搜索一次次失望而归的时候,搜救舰船只能也必须继续专注于一件事:赶赴,并以有限的能力寻找。

◎海上搜救期间，千岛湖舰官兵聚精会神对海面进行细致观察瞭望（代宗锋　摄）

◎千岛湖舰瞭望更将自己牢牢捆在仪器上，确保在舰艇摇晃中不漏过任何一个可疑目标（代宗锋　摄）

包括千岛湖舰在内的海上搜索力量看上去永远在奔跑——不是在搜救海区机动搜索，就是在驶向下一个海区的路上。

“从任务的紧急性、信息的突变性、任务分队的协同性来看，这次搜救行动与实战非常相似。”海军海上搜救指挥所指挥员王永祥说，编队以投身一场海上战争的状态，实施这场非战争的军事行动。

穿行于千岛湖舰内舱通道，行走十分艰难，许多房间内依旧灯火通明。打捞分队住舱内，队长洪松经常带着队员们对上次的实际打捞过程进行再次回顾总结。他们仔细修改完善打捞方案预案，研究确定用于打捞海面漂浮物的三爪钩抛、投、丢、扔等角度和力度。

“新的打捞方案将尽量缩短海面疑似漂浮物的打捞时间，使打捞过程更加快捷。”洪松满脸自信。

24小时不间断的搜索，考验着千岛湖舰全体人员与装备——主机舱内温度近60摄氏度，战士们趴在狭小空间里检查装备；舱面瞭望，双眼一刻也不能离开瞭望器材；大风浪航行，瞭望人员穿上雨衣、系上安全绳工作；赤道附近搜索，每隔一段时间就得补充葡萄糖注射液，防止高温下眩晕脱水……

“搜救”两个字，说出口太简单，但它是由无数具有难度和风险的环节组成，而每一个环节又是由血肉之躯的人去执行。

南印度洋搜索海区风浪时常达到五六米，万吨战舰以20多倾斜度摇晃如轻舟。搜寻行动距离之遥远、时间之长，远远超出预期。

3月17日，刚刚抵达泰国湾以南某海域的千岛湖舰，为中国海军搜救舰艇编队进行了长达5个小时的补给作业。

这是千岛湖舰自入列以来首次在国外实施纵向、横向、垂直三种不同方式，在同一时间段的立体补给。

海面上，一道索桥很快在千岛湖舰和井冈山舰之间凌空架起。液货班班长陈年生迅速切换着黑色、白色13个操纵开关。

不一会儿，扁平的软管迅速鼓胀起来，燃油源源不断地注入受补油舱。执行任务以来，陈年生带领4名战友克服了“复杂海况、陌生海域、接口不一、接受装置不匹配”等多种困难，一天内，他们最大承担了15个小时，2000多吨油料以及淡水的补给。

当天，纵向补给与横向补给同时进行。绵阳舰占领千岛湖舰尾部纵向补给阵位，千岛湖舰官兵将带着橘红色浮标的油管放入水中，绵阳舰官兵随即打捞起油管，拉上甲板，实现油管对接。

“注意观测压力表，微调压力阀。”液货班战士张宝哲在纵向液压泵站启动液压系统后，迅速转到纵向绞车操纵台拉动操作杆。

时间紧迫，操作复杂，为了保证整个补给作业的高效安全，21岁的张宝哲手掌多次被钢缆划出了长长的口子。

空中，从井冈山舰起飞的舰载直升机，在千岛湖舰塔台的引导下稳稳降落在飞行甲板中央。千岛湖舰官兵将给养物资，迅速装载到直升机里，整个垂直补给过程不到一个小时。

“每一次补给都是一次探索，任何一个环节出了差错，就会导致整个搜救行动陷入被动。”航空机械班班长陈长来带领航空机械部门人员，从接到命令开始，很快就完成了垂直补给各项准备工作。

执行马航失联飞机搜救任务，千岛湖舰作为中国海军搜救舰艇编队的“菜篮子”“米袋子”和“油水缸子”，输送物资近7200吨，完成为5型军地22艘次舰船补给任务，为搜救行动提供了有力的后勤物资保障。

◎千岛湖舰采取垂直补给的方式为海口舰进行干货补给（代宗锋 摄）

任务中，千岛湖舰时任副舰长万林在澳大利亚海上搜救中心指挥舰——“成功”号综合补给舰上担任中方驻澳联络官。

在“成功”号综合补给舰上，万林每天负责把澳大利亚、中国等国家搜救的情况以及次日安排汇总，分别向中国海军搜救舰艇编队指挥所以及澳方联合搜救中心汇报。

经过12天与澳大利亚海军的深入交流，他认为：“类似马航失联客机搜救任务的人道主义救援行动，需要多国合作，联络官的工作可有效地深化这种合作，增进多国海军之间的了解与互信！”

4月10日上午，千岛湖舰在靠泊澳大利亚奥尔巴尼港补给期间，澳方搜救中心副指挥官山普森上校一行登上舰艇展开交流。山普森对中国海军的专业精神和为搜寻马航失联客机做出的贡献给予高度肯定：“非常感谢中国海军在搜救行动中提供的帮助和支持！”

（五）风雨中，他们坚守那片海

南印度洋某海域，狂风大作，细雨纷飞，涌浪像一座座小山扑向舰体，不断改写着舰面与海平面的夹角，海面能见度受风雨极大影响。

在漆黑的驾驶室，借助仪器发出的一丝微弱亮光，横向摇摆仪的指针指向25度。

“微光夜视仪需要借助外界微弱的光亮，才能在夜间看清海上目标。今夜没有星光，只有借助前后桅灯和航行灯的亮光，才能发挥夜视功能。”驾驶室值班的是时任舰长涂金虎。

观察瞭望点，千岛湖舰共设有6处，每个点由2名舰员同时担负对海上目标的观察与搜索任务，确保对海面的监测24小时不间断、无死角。

风浪猛烈地撞击船艏，豌豆大的水珠被狂风吹上指挥台。从雨刷器不断分开又复合的水幕向外望去，千岛湖舰在波峰浪谷间沿着预定搜索线路坚定前行。

当时风力已达9级，浪高近4米，室外温度仅有6摄氏度。

“越是风浪大的时候，越要精神，一时疏忽，一个小目标就可能从眼皮底下‘溜走’。” 雷达班班长吴志国手指不时调试着按钮，一次又一次比对着每一个波段的图像。

◎千岛湖舰官兵在风雨中聚精会神地进行海上瞭望（代宗锋 摄）

狂风大浪中，两万吨级的千岛湖舰不时出现大幅度摇摆。正在机舱值更的王至友发现左主机运行出现异常，根据多年经验预判，他首先想到的是查看左主机齿轮箱滑油管。

“大风浪时，机器的震动与舰体的震动容易出现叠加，形成共振，很容易导致滑油管震裂。如果滑油大量泄漏，就会导致齿轮卡死，从而使整个主机无法工作。”王至友说。经一个多小时紧张的抢修，他浑身被汗水和滑油打湿，整个人像刚从水中捞上来一样。

在舰上厨房里，炊事班班长樊冲正在给担负瞭望更的战友熬姜汤。锅里的水随着舰体的晃动，不时溢出来，他连忙把锅盖盖上，并用一只手紧紧按住锅盖上的手柄，另一只手用力抓住灶台上的把手，这个姿势他一直保持到姜汤熬好。

干货班班长夏保林记得，到达任务区后，千岛湖舰第一次给编队舰艇补给时的艰难——

6号补给站发射引缆、建立补给回路、连接补给小车，开始补给。大家穿着救生衣艰难地进行食品输送，海面上白浪翻涌，波峰浪谷间，两舰忽高忽低。

不知过了多久，补给小车已经运行到第35趟了，忽然“吭”的一声响，索道上的小车骤然停止了滑动，无论夏保林如何操作手柄也无济于事。

似乎是行程开关出了问题，载着货柜的小车在两舰的索道上“跳舞”，大家看得触目惊心。

怎么办？此时的发送头正在门架顶上，距离甲板近20米，人根本没法上去，就是上去了，也将面临钢缆断裂的危险。

压力又一次落到了夏班长的身上！一番短暂的思索后，他立即找出了行程开关对应操纵台的电线，拆除，再让补给长组织大家手动收回索道小车，将发送头降到门架底部。

紧接着，夏保林立即修复行程开关，再装上电线，启动运行。小车顺利滑动起来，在没有解脱索道的情况下恢复了正常补给，前后用时不到5分钟！

每讲到这件事时，战友都说夏班长是“艺高人胆大”，但他觉得，平时积累加任务历练，会让自己“胆大艺更高”。

“吊放小艇部署，准备吊放右舷1号高速艇！”4月2日早晨8点40分，千岛湖舰上广播响起时，航海部门操舵班长朱文亮正睡得迷迷糊糊。那天凌晨，他值完夜更很是疲惫，早饭没来得及吃就休息了。

听到广播，朱文亮立即穿好衣服，揉着惺忪的眼睛，拿上放在床边的救生衣，带着钥匙，迅速跑向1号小艇。

1号艇备便，入水，朱文亮很快将可疑漂浮物捞起。由于下雨，他全身都湿透了，又冷又饿，瑟瑟发抖。不过，这名老兵却觉得很值，因为这就是中国海军官兵来印度洋搜索的目的。

4月15日，千岛湖舰准备采用小艇过驳为998舰补给6吨干货。当时海区海况5级，只能采用顺浪过驳，但即便顺浪，也得防止小艇进水。

作为小艇艇长，朱文亮的首要任务是保证人员、装备和物资的安全，同时还要尽量避免物品被海水浸湿。这就需要丰富的操艇经验，转向的时候抓准时机，下一个大浪来临之前，在两个波峰之

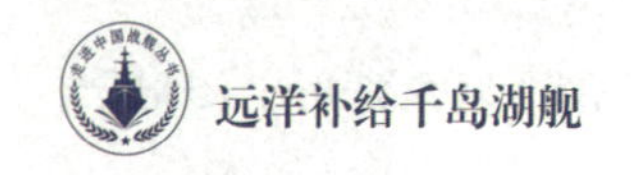

间完成。

空艇返航时，顶浪航行，眼瞅着大浪就像小山一样压过来，感觉会被瞬间埋没。浪的冲击，拍起的海水，把朱文亮和战友们全身都打湿了，就像在淋浴一般。

待海水干了以后，大家的脸颊上现出厚厚的一层盐，嘴巴里也是咸咸的，腥腥的，浑身都是大海的味道。

物资终于过驳完毕，虽然朱文亮和战友们的衣服是湿的，但看到998舰员挥手致谢时，他们的心里是暖暖的。

◎千岛湖舰采取小艇过泊的方式将给养物资转运到昆仑山舰(代宗锋　摄)

在驾驶室检拭仪器装备、在03甲板除锈打漆、在报房接收指挥中心文件……千岛湖舰上，一群英姿飒爽的女兵格外引人注目。

年轻的女军官郭潇雪就是其中之一。从大连舰艇学院毕业后，她被分配至千岛湖舰，现在已是副航海长。“高三填报志愿时，我在电视上看到受采访的一位女参谋，觉得特别帅！”抱着“试一试”的想法，郭潇雪报考了军校。

作为海军第一批航海长班毕业的女学员，郭潇雪也是东海舰队唯一的女航海军官。她的目标是，成为中国海军的首位“女舰长”！

千岛湖舰是中国海军最早试点女兵的舰艇，2010年，在执行亚丁湾第七批护航任务时，诞生了海军护航以来首支走上战位的女兵队。现在，舰上共有7名女兵，最年长的郭潇雪任女兵队长，年纪最小的则是“90后”。

独立的卫生间、舱室的全身镜、房内的大床帘，舰上许多设施是为她们“度身定制”。“除了设施，每周也会单独给我们多发牛奶，水果也比男兵多。”

不过，生活上有“福利”，工作时却没有“特权”。她们分属操舵、报务、航空、舰务等不同岗位，需要经过跟班学习和严格的岗位考核，才能独立值更。“工作时稍有疏忽，挨的批也绝不比男兵少。”

这次千岛湖舰参与马航失联客机的搜寻，郭潇雪和女兵们随舰出发，奔赴泰国湾、转战印度洋，连续航行61天，“这是女兵队第一次参加这么重大的任务，每天都轮班值更、制订航海计划，但这种经历毕生难忘”。

◎海图作业(代宗锋　摄)

(六)没有什么比搜寻生命更重要

“这是谁家的胖小子,那么可爱!”4月21日上午,在千岛湖舰补给平台,正在整理物资的士兵冯慧超接过时任舰政委祁大桃递来的一张彩色照片,脱口而出。

“你再瞅瞅看。”祁政委拍拍冯慧超的肩膀,笑着说。

冯慧超放下手中正在整理的蔬菜，拿起照片端详起来。

照片上小家伙的眼睛和鼻子是那么地熟悉，那么像自己的妻子李彦格，难道是自己的儿子？

经向祁政委求证后，冯慧超难掩兴奋地再次盯着照片看了许久……

3月31日那天，冯慧超妻子从河北老家打来电话："我们的儿子出生啦。"

瞬间，长期高强度工作带来的疲劳感消失得无影无踪，冯慧超随着妻子言语的描绘，在脑海里勾勒着孩子的轮廓。不知不觉中，他眼里布满泪水，是兴奋，更多的是对妻子的愧疚。

冯慧超平时忙于工作，结婚3年多，和妻子在一起相处的日子屈指可数。本来，冯慧超打算在孩子出生前，休假回去好好照顾妻子，然而，军令如山。

3月10日，千岛湖舰接到上级命令，奔赴泰国湾海域为执行搜救马航失联飞机的任务舰船进行补给。没想到，任务来得那么突然，准备时间那么仓促。

舰艇起航前一天，妻子打电话来询问冯慧超何时回家。他在电话这头无言以对，军嫂李彦格在电话那头无声啜泣……

得知这一情况后，相关领导专门给任务后方保障小组打了电话，联系上李彦格，对她的理解和支持表示感谢，同时向她要了一张孩子的数码照片，通过军用通信网络发到舰上。就这样，出现了开头"父子不相认"的感人一幕。

千岛湖舰上，还有许多官兵像冯慧超一样，在"国"和"家"之间，毅然选择了“国”。搜救期间，编队里一个叫马俊的水兵，甚至直接给刚出生的孩子起名叫“马航”。

炊事班班长樊冲的女儿刚出生10天，妻女还未出院，他就闻令匆匆归队。当他从河南老家日夜兼程赶回部队时，千岛湖舰离起航时间只剩10分钟。

舰艇离开码头时，航空部门机械兵黄挺的母亲正在手术台上接受治疗。3月17日，病床上的母亲，从电视新闻上看到了千岛湖舰为任务舰艇进行垂直补给，画面中正是儿子黄挺！母亲高兴极了，专门打来电话，并一再叮嘱他别惦记家里，好好工作……

报务班大学生士兵赵娇是海军首批成建制上舰的女兵，已具备了提干的条件，却因执行任务准备不够充分，以微小的差距未能如愿。

2014年，是赵娇提干的最后一次机会。这次，她经过长时间充分复习准备，志在必得。

然而，马航搜救任务突然来临，让赵娇措手不及。为不影响她提干，组织专门通知她下舰，到岸上集中精力准备考试。因为这次任务特殊，时间不确定，如果参加任务意味着她可能又要错过提干的机会。

那晚，赵娇躺在床上辗转难眠。第二天，她找到舰领导，请求随舰出航。

通信保障，对军舰而言至关重要。一次搜寻任务期间，舰上的军用卫星通信电话突然发生故障，正在值班的赵娇一边上报情况，一边仔细检查通信装备。

经过分析判断,赵娇很快找到了故障所在。原来,是舰上程控交换机一块控制模板出了问题。她马上更换备用模板,通信恢复正常,整个过程只用了几分钟。

战友们经常看到赵娇拎着小水桶,拿着两块抹布,在自己负责的卫生区内小扫除。从水密门、栏杆扶手到通道两边的墙壁、地板,每一处她都擦拭得格外干净。战友们都称赞说:“赵娇擦过的地板,简直可以光着脚走。”

幸运的是,任务归来,赵娇没有错过提干的时机,她终于如愿成为一名海军女军官:“没有什么比搜救生命更重要。如果人生重来,我仍会如此选择!”

“今年的读研计划又泡汤了,明年再考吧!”在飞行甲板舷边,军医陈超把目光投向了远方。

考研一直是陈超的梦想。2013年,因护航任务,他错过了考试时间。2014年,他以高出复试分数线70多分的好成绩通过了解放军总医院硕士研究生初试。

当陈超满怀期待地准备参加4月中旬的复试时,却接到了马航搜救任务。千岛湖舰上,只有他一名军医,他没有丝毫犹豫就随舰出发了。

部队领导为此事多次联系解放军总医院,院方答应将陈超的复试时间推迟到4月底——那是全国研究生录取工作完成的最后期限。

4月底一天天临近,千岛湖舰还在大洋上执行任务。复试,对陈超来说,已经没有可能性了。他微笑着说:“能参加搜救任务,是

◎千岛湖舰返航(代宗锋　摄)

我一辈子的荣耀,读研还会有机会的。”

在海军官兵中,有一首歌曲广泛传唱:“我们是中国海军,为国家利益保驾护航。我们是中国海军,为中国历史书写新的辉煌。”

海风吹拂,涛声阵阵,似乎在诉说着千岛湖舰官兵牢记使命、为国争光的感人故事。

第六章

联合军演展示大国战舰自信

联合军演，多国战舰云集，是合作交流，也是同台竞技。在多个演习项目中，各国海军面临着装备性能和官兵技战术水平的检验和比拼。

“军人的荣誉，历来都是靠过硬的本领和无畏的血性拼来的。”千岛湖舰时任舰长涂金虎深有感触。

参加联合演练，开阔了千岛湖舰官兵的视野，也让他们更加清醒地认识到成长和努力的方向。

(一)“会舰”东海,千岛湖舰展风采

“886,准备上船!”

“嗖”的一声,扫雷舰的水兵将缆绳甩向千岛湖舰甲板,碰垫手悬下防撞垫,两舰慢慢靠拢。

与排水量约500吨的扫雷舰相比,总长171米、舰宽24.8米、满载排水量23000吨的千岛湖舰巍然屹立。登上甲板,空间大、行驶稳是千岛湖舰给人的第一印象。

参加中俄“海上联合—2014”军事演习的中国海军水面舰艇中,886号千岛湖舰是唯一的大型远洋综合补给舰。

2014年5月,长江口以东,东海北部海域,中俄双方都派出最先进的设备、最强的阵容参加联演。“千岛湖舰是中国海军第一艘拥有真正现代化构型的综合补给舰。”千岛湖舰时任政委祁大桃介绍。

演习中,千岛湖舰与中方郑州舰、宁波舰、俄方548号“潘捷列耶夫海军上将”号大型反潜舰同属第一水面舰艇编队,主要参与非战斗军事行动演练,包括锚地防御、联合解救被劫持船舶、联合搜救等。

“6:30起床,6:35跑步,7:30早餐,8:00布置操演……”早晨6时30分,千岛湖舰上广播响起,向官兵通报当日计划。

千岛湖舰今晚将开展编队锚地防御演练,这也是中俄“海上联合—2014”军事演习的第一个演习课目。

◎千岛湖舰进行编队运动(代宗锋　摄)

锚地防御,是编队舰艇训练的常规项目,重点演练防蛙人破坏、防高速快艇和武装小艇破袭等内容。

一般舰艇停泊在港口里,岸上有军事设施设防,防御设施比较完备。而锚地防御是舰艇在海上抛锚后,需要防御水下蛙人的破坏,防止潜艇及空中袭击等。

锚地防御是预警,演练非常具体,保密性相当高,这也说明了中俄两国军事互信水平达到了相当的高度。

早在2009年9月，千岛湖舰就参加了代号为“和平蓝盾–2009”中俄海军护航编队联合军演，开创了我海军首次与外军展开航行补给演练的先例，对探索中国海军远洋保障模式、物资互补、开展合作护航等产生了重要意义。

这次“海上联合–2014”演习期间，中俄双方水兵之间的对话交流，以及舰船指挥官向演习指挥部报告都使用俄语。千岛湖舰每天都与俄方海军对接沟通，内容包括演练方案的程序情节和动作细节等。

以联合解救被劫持船舶演练为例，本次演习中，千岛湖舰模拟被劫持商船，来自俄罗斯的“瓦良格”号与中国郑州舰的特战队员进行了协调预案。

“特战队员乘坐快艇靠近被劫持船舶后，谁先开始演练，如何分工协作，怎么搜索和歼灭？”除了程序动作的方案敲定，推演对接还涉及一系列细节，“舰员模拟海盗时，穿什么衣服，携带什么武器，在哪里就位，如何表现遮挡、抗击和被击毙的动作？”这些都是时任舰长涂金虎必须考虑到的。

“太意外了，我们五个人能在中俄联演上重聚。”一想到这件事，涂金虎就特别开心。

参加中俄“海上联合–2014”军事演习的中方水面舰艇舰长全部来自大连舰艇学院。“郑州舰的李一刚，宁波舰的杨黎明，哈尔滨舰的石磊，烟台舰的李华，我们五个是同一个大队的，也就是同班同学。柳州舰的舰长王文武虽然不是同一届的，但也是校友，是师弟。”涂金虎说。

大连舰艇学院是海军军官的摇篮。涂金虎说:“从大连舰院毕业的,说自己不想当舰长那是假话。”

“作为舰长,最大的感受是责任。”涂金虎说,“舰艇是国家财产,是军队战斗力生成的重要依托。指挥员的决策失误很可能葬送一条舰,给国家和人民带来巨大损失。责任重大,压力重大。”

回忆当年,涂金虎说自己刚入学时,是20世纪90年代,不要说没机会参加中外军事联演,就是海军有出国访问任务,都是重大新闻,要提前准备很长时间。

◎航渡途中,千岛湖舰潜水分队进行针对性训练(代宗锋　摄)

20多年过去了,一切都发生了变化。“千岛湖舰的副航海长还是个中尉,就已经去了好几个国家。”谈起中国海军的变化,涂金虎非常感慨。由于工作性质的不同,涂金虎第一次外访经历来得比较晚。

涂金虎的第一次外访是在2010年,那一年他所在的千岛湖舰赴亚丁湾、索马里海域执行护航任务。当时,他们第一次停靠的外国码头是也门。“终生难忘。一路经过马六甲海峡、阿拉伯国家、亚丁湾,从前那些只是概念上的地理名词变成了切身经历,距离近了。”

中国海军这些年对外交流越来越开放,参加联合军事演习越来越频繁,成为名副其实“流动的国土”,中国海军变得自信开放。

(二)千岛湖舰亮剑“环太首秀”

参加马航多国联合搜救不到3个月、中俄海上联合军演结束才10余天,千岛湖舰又一次迎来绽放时刻——

作为中国海军参演舰艇之一,参加“环太平洋—2014”多国联合军演。

马上又要去执行任务了！千岛湖舰不是在执行任务,就是在执行任务的路上。这正应了那句“军人不是在打仗就是在准备打仗”的口号。千岛湖舰每一名官兵都是以海为家,岸上做客,在任务来临时勇担重任。

环太平洋军事演习,是美国倡议的国际上规模最大的多国海上联合军演,从1971年开始。2013年6月,中方应美方之邀参加2014年环太军演。

这是中国海军首次参加该项演习。作为对中美两军关系具有“破冰”意义的军演,国人关注、举世瞩目。在20多个参演国面前,能否展现好中国海军风采,完成“环太首秀”,考验着每一名千岛湖舰官兵。

夏威夷当地时间2014年6月24日,在当地引水员的引导下,中国海军千岛湖舰与导弹驱逐舰海口舰、导弹护卫舰岳阳舰、和平方舟医院船缓缓驶向美国夏威夷内港,顺利抵达珍珠港基地。

这次演习的背景设定,是由夏威夷岛扮演的“猎户座岛”向邻近的岛国“格里芬岛”实施敌对行为,并支持恐怖活动。根据联合国授权,由多国40多艘水面舰艇和潜艇、200多架飞机、25000多人组成的海上力量将实施对“猎户座岛”的军事行动。

根据演习计划,中国海军导弹驱逐舰海口舰、导弹护卫舰岳阳舰、综合补给舰千岛湖舰将与美国、法国、文莱和墨西哥4国家的7艘军舰组成175.1特混编队,担负海上封锁任务,参加战术机动等科目演练。

中国海军舰艇编队主要参加战术机动、海上航行补给、人道主义救援救灾、跟踪监视商船、多舰拦截与登临、反海盗、海上搜救等10多项内容的联合演习。

联合军演,多国战舰云集,是合作交流,也是同台竞技。在多个演习项目中,各国海军面临着装备性能和官兵技战术水平的检验和比拼。

“军人的荣誉,历来都是靠过硬的本领和无畏的血性拼来的。”千岛湖舰时任舰长涂金虎深有感触。

舰舰物资传递科目演练中，组织方提出：由于各国海军是初次配合，建议拉大舰艇间距保证安全。千岛湖舰发现，按照组织方的提议，很多补给战术动作无法展开，影响演练的效果。

在征得别国海军同意后，千岛湖舰调整航向航速，同时展开占领补给阵位、舰舰物资传递等科目，有效提升了训练的效果。同时，在组织指挥中，千岛湖舰全程使用《战术1000》，指令传递简洁、完整，良好的专业素养赢得了多国海军官兵的一致好评。

参加联合演练，开阔了千岛湖舰官兵的视野，也让他们更加清醒地认识到成长和努力的方向。

2014年8月10日，圣迭戈海军基地三号码头艳阳高照、人头攒动。完成环太平洋军演任务的千岛湖舰随中国舰艇编队抵达美国圣迭戈海军基地，进行为期5天的友好访问。

圣迭戈海军基地位于美国加利福尼亚州圣迭戈，是美国加州南部的著名旅游城市，也是美国西海岸的天然良港，美国第二大海军基地。

为欢迎远道而来的中国编队，美国海军在码头举办了热烈隆重的仪式。华人华侨代表手持欢迎横幅，挥舞中美两国国旗，热烈欢迎中国海军的到来，中国特色的舞狮表演，赢得双方官兵的齐声喝彩。

（三）"仗舰"珍珠港

千岛湖舰随编队抵达珍珠港后，靠泊K8码头。这个在二战历史与当今世界军事中具有独特地位的军港，呈现在官兵面前。

作为当今世界最著名的军港之一,珍珠港既是美军太平洋司令部的所在地,也是美海军太平洋舰队的基地所在。

珍珠港位于太平洋夏威夷群岛的瓦胡岛,因盛产优质珍珠而得名。历史上,夏威夷曾是个独立王国,数百年前,西班牙帝国依靠海上力量强行将其征服。1898年,逐步崛起的美国从西班牙夺得珍珠港,并在此建设海军基地。

从空中俯瞰,珍珠港像一只展开的鹰爪伸向瓦胡岛内陆。军舰驶入位于珍珠港深处的K7、K8码头,要经过一条数公里长的狭长水道。

水道尽头,海面豁然开朗,美海军第三舰队的军舰、潜艇以及参加环太军演的各国战舰鳞次栉比,徐徐铺展开来。

美国海军基地可分为太平洋和大西洋两大系列。太平洋是美国海军海外和本土部署重点地区。经过百余年经营,珍珠港已经是美军在太平洋最重要的海军基地之一,也是美国经营太平洋、打造“前沿防御”的关键支撑点。

珍珠港内建有优质码头100多座,可同时停泊包括航母在内的各种舰艇500余艘,同时还建有补给中心、弹药中心、燃料中心和大型船坞,还拥有能修理各种舰船、武器、装备的修理厂。

走出千岛湖舰靠泊的码头,一道铁丝网外就是美军航母的保障中心。一道长长的传送带两侧,各类航母配件、耗材码放整齐,美军保障人员驾驶着专用的叉车、拖车等运送物资,驶向航母方向。美军航母全球部署,长期在外航行,靠泊期间,大批舰上官兵进港休息,岸上的保障人员则开始忙碌。

保障中心有临时服役的美军士兵。按照合同，他们每年需要响应征召，为海军临时性任务服务一到两个月，其他时间可以在地方工作。除了临时服役的薪资外，他们还可以享受军队相应的减税及退休金福利。美军灵活的兵役制度可见一斑。

夏威夷是世界著名的旅游胜地，珍珠港则是游客来到夏威夷必到的景点之一，此言不虚。除了驻泊军舰外，珍珠港也是美军官兵靠港休息、军属工作和生活的基地。

从码头走向珍珠港港区，离海岸线越远，各类军事设施越少。大片草坪绿地、密林苍翠，沿着一条港口主干道，足球场、篮球场、网球场、超市、军官公寓散布两侧。

落日余晖下，港岸林立的战舰不时进出，投射出长长的身影，远方的希卡姆空军基地里，战斗机、直升机频繁起降，战机掠过，巨大的声音响彻耳畔，身边的树荫下，露营、游玩的人们笑声阵阵，早已习惯了战机轰鸣。

希卡姆空军基地位于夏威夷州火奴鲁鲁以西14公里处，占地约11平方公里。基地北邻珍珠港海军造船厂，与珍珠港海军基地一起构成珍珠港—希卡姆联合基地。由于靠近火奴鲁鲁国际机场，希卡姆空军基地与该机场共享通用跑道。

希卡姆空军基地和珍珠港海军基地之间并没有明显的界限或者门岗。这里并不像一个典型的军营，更像是一个城市花园。远望即可看到一座高高的旧式塔状建筑，让人误以为这是海港的灯塔。

穿过草坪和一排排居住区，是一所学校。渐渐走近，映入眼帘的首先是巨大的草坪广场宽阔整齐，绿草茵茵，花树点缀其间，高大的棕榈树和道路将其分割成大块的规则几何形状区域。

来到塔下，仔细看图文介绍才知道，这原是空军基地最初成立时修建的一座水塔。当时的基地司令，在规划营院之初，便决意要建造一个建立在满足军事需求基础上美丽宜居但又不同于以往典型军事风格的基地。

经过最高指挥官亲自主持和精心规划和设计，希卡姆空军基地一问世便获得了惊叹般的赞誉：花园中的城市，城市中的花园。

1938年9月，希卡姆空军基地正式启用，成为夏威夷的主要陆军机场。二战期间，该基地不仅是美军训练飞行员和组装飞机的中心，也是美军太平洋空中网络的枢纽，负责运送部队和输送物资到前线，有“美国跨太平洋大桥”之称。

从中国海军舰艇编队停靠的K7、K8码头隔岸遥望，纪念二战中日本偷袭珍珠港的“亚利桑那”纪念馆与见证日本投降的“密苏里”号战舰在碧蓝的海面上比邻而立。白色的“亚利桑那”纪念馆如同一只巨大的空心枕头，两端挺拔、中间低凹，象征美军初遭重挫、终获胜利的太平洋战争过程。

1941年12月7日，日本不宣而战，偷袭美军珍珠港海军基地，太平洋战争猝然爆发。美海军战列舰“亚利桑那”号被798公斤的炸弹击中，舰艏弹药库爆炸，“亚利桑那”号连同1177名舰员一同沉没。空袭中，沉没或搁浅的美军战舰共计12艘，另有9艘遭严重损坏，同时有164架战机被摧毁，159架严重受伤，2388位美军官兵殉难。

“亚利桑那”纪念馆的设计独具匠心，白色的枕形建筑横跨在沉没的“亚利桑那”号战舰之上，参观者要在岸上的码头分批排队，观看一部约20分钟长的偷袭珍珠港纪录片后乘船参观。

纪念馆内，一面巨大的白色石壁上，记录着1941年12月7日偷袭中阵亡的美国海军及海军陆战队官兵姓名。石壁下，一个洁白花环安然平放。“一半是海水，另一半则是火焰。”透过巨大的窗口，涌动的海水下“亚利桑那”战舰舰体清晰可见，一段烟囱露出水面，炮火伤痕犹在。沉睡海底的“亚利桑那”号，至今仍不时泛出朵朵油花。洁白的鲜花与清澈的海水、锈蚀的军舰形成鲜明的对照，映衬出历史的沉重。

对美军来说，日本偷袭珍珠港是一段不容忘记的伤痛历史。时至今日，在珍珠港内进出的美国军舰驶过“亚利桑那”纪念馆时，舰上官兵都会着装整齐在舰舷站坡肃立，向纪念馆敬礼致意。在偷袭后幸存下来的老兵们，去世后都可以由美国军方负责派出潜水员，将遗体安葬于沉没的“亚利桑那”号上，与战友永远相伴。

与“亚利桑那”号遥遥相对的是巨大的“密苏里”号战列舰。1945年，日本战败投降仪式就在这条战舰上举行。沉没水下的“亚利桑那”号与水面上的“密苏里”号遥相映衬，一个标志着美国以屈辱的方式参与二战，一个标志着美国以胜利者的姿态结束二战。

珍珠港内，纪念历史的潜艇、舰炮、鱼雷、导弹等实物和雕塑随处可见。通往“亚利桑那”纪念馆的码头上，一艘在二战中立下赫赫战功的退役潜艇静静停泊，人们可以走上潜艇，进入内部参观；港区的草坪上，一枚见证过冷战的退役导弹实物触手可及，铭牌上记录着其主要参数及服役历史;希卡姆空军基地的绿地上,并排停放着几架退役飞机,飞机上注明了其卓越的战功和飞行员姓名;海军超市的墙壁上,悬挂张贴着日本空袭珍珠港次日美国各大报纸整版新闻报道的影印件……

行走在珍珠港里,历史仿佛并不遥远。不知是不是一种巧合,站在“密苏里”号的前甲板上,隔岸相对的码头上,停泊的正是日本海上自卫队的“日向”号直升机航母。从“亚利桑那”纪念馆到“密苏里”战舰,游人如织、官兵肃立,历史仿佛在这里凝聚、回响:曾经的战争永远不会成为过眼云烟,每一名爱好和平的人们,都应该时刻记住历史,记住那段血与火的岁月。

在珍珠港里,每天清晨升旗与傍晚降旗时分,只要号声响起,港区内所有忙碌的人们都会自觉肃立,路上行驶的车辆也会稳稳停下,向升起和落下的国旗致敬。

珍珠港既是美军的重要军港,也是美国海军舰员靠港休息、家属生活工作的基地,除了紧邻海岸的码头和港区内散布的军事设施外,绝大部分区域都允许港内人员自由来往,公交车、私家车穿行其间。看似平静的外表下,美军在涉及军事的关键部位警戒却非常严格。

千岛湖舰停靠的舰艇码头外,有一个美军24小时值守的岗哨,负责查验进出人员证件。美军上哨讲究实用,哨兵站姿虽然随意,但对过往人员证件检查却非常严格,不仅查验证件上的防伪标志,还会对照片严格比照。

美军哨兵开车上哨,车辆往往横向停放在码头大门入口,乍看上去有碍观瞻,细问下来才知道在没有防冲闯设施的码头,哨兵都会将车辆堵住码头大门入口,防止有人驾车冲闯。

与我舰艇编队相邻的美军航母码头外,不到一百米就有一片露天市场,烧烤、餐饮、帐篷超市、旅游宣传点等诸多摊位密布其间。每到饭点,靠泊航母上的美军官兵总把这里挤得人满为患,吃饭、购物、聊天。虽然是刚刚从航母码头走出,但每名美军官兵再进码头时,还要进行专门的检查——不仅查验证件,还要对随身携带的箱包开箱检查,再用金属探测器对全身进行安检。外松内紧,对比强烈。

除了数量庞大的军事设施外,珍珠港内还有配套完整的生活保障设施,其中美国海军NEX超市,是参演各国官兵购物时最主要的选择。

NEX超市的服务口号是“You serve,you save”(你为国家服役,我为你省薪),这个超市以免税模式运行,规模庞大,商品涵盖电器、服装、鞋帽、食品等数千种,价格较港区外的超市有明显优惠,只面向持有证件的美军官兵及家属开放,环太演习期间,持有演习证件的各国海军官兵也可以进入超市购物。

NEX超市是美军“拥军”服务的一个缩影。经过数十年规则制定与实践探索,美军形成了一整套士气、福利和娱乐体系,其宗旨是确保军人及其家庭得到妥善安置和照顾,提高人员生活质量、适应能力,使军人保持良好的精神和身体状态,安心在部队服役,并借此支援军队发展。这一服务项目多种多样,包括体育运动及健身、青少年休闲娱乐活动、适龄儿童学生服务、单身水兵服务计划、户外活动、票务信息和旅行、舰艇休闲娱乐活动等。

在珍珠港里，每名美军官兵及其家属都可以获得一张类似于一卡通的ID卡，用于进出营区，并免费或以优惠价格享受相关服务。在这一模式的支持下，美军在本土及其他超过30个国家的海外军事基地中以极具竞争力的价格和免税模式经营百货商店、便利店、军服店、洗衣店、加油站等服务点，相关盈利三分之二被返还用于MWR项目。类似实实在在的福利保障，大大提升了美军官兵薪酬的含金量。

除了军队自己主导的服务体系外，美国社会对军人也非常尊重。在夏威夷瓦胡岛上，政府为珍珠港开通了多条海军巴士路线，美军官兵可以持证件优惠乘车。在夏威夷奥特莱斯等一些地方购物中心里，持美军证件可以享受无条件打折优惠。

在“密苏里”号战舰的参观说明里，明确标明持军人证件可以优惠购票，如果穿军装且持军人证件，则能免费参观。

夏威夷市区里不少需要排队的地方，也有显著的军人专用指示牌，标明军人可以优先使用，相关服务人员了解军人身份后，会举手示意军人优先，其他排队的人们总会投来赞许的目光。

良好的“拥军”氛围与体面的身份也让美军官兵及其家属有着很强的自豪感。街道上，不时能看到身着军装及各类军队徽章服装的人们。美军以开放和自信著称，交流谈吐间，美军官兵也显得非常开朗与自豪。这种开放与自信，根源于美国与美军的强大，也来源于美国社会和军队为军人提供的与其身份相符的保障与尊严。

(四)从千岛湖舰到高邮湖舰

2004年入列的千岛湖舰,是中国海军新世纪第一艘入列的国产新型综合补给舰,也是中国海军补给舰家族的“人才培养库”。

随着一艘艘新补给舰陆续入列,千岛湖舰培养的各类专业人才像种子一样,在新的战舰上生根发芽,也把千岛湖舰的精神播撒到更多姊妹舰上。

2016年,中国海军再次派出编队赴美国夏威夷参加“环太—2016”联合军演。这一次,随编队出征的是当年刚刚入列的综合补给舰高邮湖舰。

高邮湖舰时任舰长万林,曾在千岛湖舰当过副舰长;时任女兵分队长、中尉赵娇,2年前还是千岛湖舰的一名通信女兵;同样,中士郑雅莎也曾跟随千岛湖舰参加护航和环球航行访问任务。

高邮湖舰补给部门一名四级军士长,原来在千岛湖舰服役时就到夏威夷参加了“环太—2014”军演任务和2015年的环球访问,这次又跟随高邮湖舰三进珍珠港。

“当年,我们一个县城来了30多个同年兵。其中,有十几个战友没有赶上咱海军走向深蓝就退伍了。如今,他们听说我随舰去过29个国家,都特别后悔自己退伍太早了!”老班长操着山东腔哈哈一笑。

刚当上水兵时,这个来自山东滨州的年轻人从来没有想过,有一天自己还能随舰出岛链、出国,就是盼着“能见到蓝色的真正大海，能领上远航补助就好了”。现在，他平均一年出远海200多天，最长的一次是2015年，跟着千岛湖舰出了307天远洋任务，“出海回来，儿子都不认识我了”。

夏威夷附近的茫茫大洋上，参加“环太平洋—2016”演习的中国海军舰艇编队与多国战舰联合开展的海上编队科目演练正酣。

烈日下，补给舰“高邮湖”号，在一望无际的太平洋上劈波斩浪。飞行甲板上，水兵们快速放倒安全网，为直升机着舰做着准备。

任务完成，女兵苏赫起身抬头，汗珠顺着脸颊滴落，露出了明媚的笑容。

“刚上舰时那个水嫩嫩的小姑娘，如今脸上也有了日晒斑。”女兵分队队长赵娇望着苏赫的脸蛋，禁不住发出一声怜惜的感慨。

苏赫俏皮地说：“咱女水兵可不是温室里的小花朵，做不了翱翔云天的凌厉雄鹰，那也得当搏击风浪的勇敢海燕啊！”

高邮湖舰上，驾驶室里，一名身穿海洋迷彩作训服的女兵紧盯前方，双手紧紧握住舵盘。

“左满舵”，洪亮爽利报出舵令回复的同时，她熟练地将舰艇航向把定。随即，这艘排水量超过2万吨的巨舰在风高浪急的太平洋上完美转向。

引来众多赞赏目光的不仅是这名干练的女操舵兵王超，还有她遍布全舰的十余名军中姐妹：

闪烁的雷达显示屏前，迅速判定多批次目标回波及时上报，有她们的身影。

烈日灼烧的甲板上，利落地打出数十种旗语向中外舰艇准确传递各种信号，有她们的身影。

暗夜浓雾里，在直升机塔台内操控灯光精准引导直升机起降，有她们的身影。

凌晨的报务室中，十指如飞在键盘上流畅收发演练来往报文，有她们的身影。

紧急出动时，登上小艇在波峰浪谷间争分夺秒救护“伤员”，还有她们的身影！

……

在这艘钢铁巨舰上，这群二十多岁的女兵是值更官，是航海操舵手，是雷达操纵员，是信号兵，是灯光助降师，是通信报务员，是护士，是计算机技师……她们选择了一条与大多数同龄女孩截然不同的路，以女儿之身拼浪大洋，于花样年华逐梦深蓝，在各自的战位上坚守着，奉献着。

傍晚，音乐响起，直升机机库里，换上洁白水兵裙的女兵们集合，开始排练即将在八一晚会上表演的集体舞《女兵的年华》。

翩然的舞姿，飞扬的风采，以大洋当背景，以战舰为舞台，一群“海燕”踏浪起舞。中国女水兵，就是这深蓝航道上最美的一抹风景。

那天，高邮湖舰组织官兵进行攀爬软梯训练。翻滚的波涛上，七八米高的软梯从补给舰高大的船舷一侧垂下，一直垂到水面上那条高速小艇的舱内。

软梯，又称上下舰软绳。借助它，舰员可以快捷地在战舰和小艇之间换乘。

望着深不见底的太平洋和洋面上那艘不时被浪和涌推来推去的小艇，许多第一次爬软梯的水兵心里都有些犹豫。

有的水兵特别利索，两步并做一步，从下梯到小艇前后只需要七八秒。有的则慢些，手脚配合得不是特别协调。

刚完成一次训练的人都在说："最重要的技巧就是不能双手同时松开""不要向下看海面和梯子""身体与舰保持平行"等等。

穿好救生衣，戴上安全帽，扣好保险绳，按照大家七嘴八舌的提示，赵娇没有太过大脑，径直就下去了。

其实，赵娇的心里有点忐忑。在千岛湖舰上时，从来没有练习过这个科目。但她是女兵分队长，要给大家做个表率。另外，她也真的很想挑战一下，看自己到底能不能行。

刚下软梯前几步还好，她慢慢挪了下去。可下去几步后，她突然发现梯凳是斜的，怎么也踩不实，整个身子都歪了，只能双手用劲更吃力地拽着扶手。

赵娇一直没敢低头看海和梯子，只盯着自己的手和战舰高大的船体。很快，她就下到了小艇上，解下保险绳，在小艇左舷坐下，用手抓紧艇边上的把手。

等这一组舰员全部下到小艇上坐好，小艇操作员开动马达，小艇离开母船，贴着海面向远处驶去，真正让人体会到了"君看一叶舟，出没风波里"的感觉。

波峰浪谷之间，烈日灼人，马达轰鸣，小艇在深蓝的洋面犁开雪白的浪痕。转弯时飞溅的浪花扑进小艇，能感觉到扑面而来的水汽，一抿嘴，舌尖便能舔到一股强烈的咸苦之味。

当天海况不算太好，有些风浪。当小艇驶到波谷时，能看到远处，另一艘小艇时隐时现。

在海上兜完圈，水兵们乘艇返回母船附近，再爬软梯回到舰上。这一次，大家明显感觉比下软梯的时候要快一些了。虽然也很吃力，但心里一点也不慌张了。

等随行体验的一名记者爬上去，发现男兵女兵都在笑。原来，记者算是爬得最慢最不协调的那一个了！为了等她们这一组，另一艘小艇上的人在海上兜了很久，据说足足“有十圈”！

第七章

环球访问:中国海军的时代名片

这次任务共历时309天，总航程达5.23万海里，开创了中国人民解放军海军一次任务靠泊16国18港，航经印度洋、大西洋、太平洋三大洋，走进地中海、波罗的海、加勒比海，穿越25个海峡和苏伊士运河、基尔运河、巴拿马运河三大运河的历史性壮举。

一次“说走就走”的环球之旅，展示的是大国形象，彰显的是大国风范，折射的是大国实力。

(一)一次“说走就走”的环球之旅

7月11日是中国航海日。回溯600多年前的那一天,明代航海家郑和率领船队开始远航。这也是中国第一次将目光投向了海洋深处。

七下西洋的郑和船队,途经三大洲涉足两大洋,共访问30多个国家,在那个年代创下了史无前例的伟大壮举。

2002年,人民海军进行了首次环球之旅。那年5月中旬,青岛港,中国人民解放军海军的“青岛”号驱逐舰、“太仓”号综合补给舰起锚出发,开启了历时4个多月的航程。两舰环绕地球一周,航程33000多海里,遨游印度洋、太平洋、大西洋,远涉亚洲、非洲、欧洲、南美洲和大洋洲,先后对10个国家和港口进行了友好访问。

千岛湖舰机修班长朱希没有想到,有一天,自己竟然也开启了一次“说走就走的环球之旅”——

2015年,152舰艇编队在亚丁湾海域执行了4个多月的护航任务之后,直接转入环球访问任务。

执行任务前,千岛湖舰数次参加亚丁湾护航、远海训练等任务,装备和人员均处于“连轴转”的状态,对参加海军第二次环球访问任务并没有专门准备。

然而编队从上到下都信心十足:“随着我国综合国力不断提高,我们有了更好的舰艇和更高素质的水兵,这是我们此次环球之旅的底气所在。”

这是我们的环球梦，这是中国海军走向远海的深蓝梦，这是中国友交世界的和平梦——

这次任务共历时309天，总航程达5.23万海里，开创了中国人民解放军海军一次任务靠泊16国18港，航经印度洋、大西洋、太平洋三大洋，走进地中海、波罗的海、加勒比海，穿越25个海峡和苏伊士运河、基尔运河、巴拿马运河三大运河的历史性壮举。

行驶在大洋之上，四处碧波万顷。军舰减速，驶入一个个异国军港，一切变得真实而饱满——

编队先后访问了苏丹、埃及、丹麦、芬兰、瑞典、波兰、葡萄牙、美国、古巴、墨西哥、东帝汶、印度尼西亚等12国13港，技术停靠澳大利亚，并与埃及、丹麦、法国、美国、澳大利亚、印度尼西亚等国海军进行了联合军事演习。

这次任务航程之远、途经海域之广、时间跨度之长、访问国家之多、中外联演频率之高均创海军历史之最。

一次"说走就走"的环球之旅，展示的是大国形象，彰显的是大国风范，折射的是大国实力。

舰艇编队进行环球航行，综合考验着一个国家的全球导航定位能力、全球信息通讯能力、全球气象分析掌握能力、全球航行支援保障能力，这些都要有国家实力和国际地位做支撑。

在军舰停靠国外港口期间，一筐筐蔬菜、一箱箱鲜奶等各种主副食品源源不断地送上千岛湖舰。原来，编队与中远公司等单位合作，实行"国外综合补给、国内筹措物资、商船捎带保障"的保障模式，任务期间共补给油、水、主副食品两万多吨。作为世界上最具活力的经济体之一，中国的企业遍布全球，这是我们能够进行全球保障的基础所在。

访问澳大利亚前夕，千岛湖舰突发装备故障，编队紧急协调海军启动前出保障机制，在舰艇靠港前，前出器材和人员均已抵达，保证了装备及时恢复。

任务舰艇的大部分装备都与研发方开设了应急保障24小时“全球连线”，重要装备还建立前出保障机制。这些都得益于国家日益强大的科研实力和远程投送能力。

◎千岛湖舰缓缓靠上码头（代宗锋　摄）

2015年9月6日上午，地中海海域，刚刚结束对埃及友好访问的152舰艇编队，与埃海军“托什卡”号导弹护卫舰举行联合演练，大海上双方舰艇犁波耕浪，气势如虹。

以此为开端，环球访问途中，编队又先后与丹麦、法国、美国、澳大利亚4国海军舰艇，分别在北海、比斯开湾、大西洋、太平洋等航经海域开展联合军事演练。

深秋的美国佛罗里达州杰克逊维尔市，阳光灿烂。梅特波港东南海域，碧波万顷。这里是美国海军第四舰队司令部驻地。这是千岛湖舰第一次访问美国东海岸。此时，执行“和谐使命－2015”的中国海军“和平方舟”号医院船正靠泊在美国西海岸的圣迭戈市。

11月7日，作为此次访问美国之行的重头戏——中美海军联合演练在梅特波港拉开序幕。

中国海军千岛湖舰、济南舰、益阳舰与美军伯克级导弹驱逐舰“梅森”号和“斯托克”号，以及提康德罗加级导弹巡洋舰“蒙特里”号共同参演。

为了中美海军在大西洋海域的首次演练，双方指挥员和舰长们在演练前专门进行了磋商，商议演练相关事宜。

演练全程以《海上意外相遇规则》为基础，下达指挥口令、开展战术动作，涵盖了指挥通信协同、编队运动、海上救生等课目。

无论指挥员互访、情报信息共享，还是联合演练，都拓宽了世界各国观察中国、认识中国军队的窗口。

(二)环球访问,领略世界风情,领悟人生风景

2015年4月,海军152编队开始执行第20批护航和环球访问任务。这一次,千岛湖舰首任舰长潘志强在千岛湖舰上担任保障指挥所指挥员。

环球访问第一站就是非洲国家苏丹。苏丹港的上空笼罩着一层厚厚的黄沙,天空看起来十分浑浊。如果不小心蹭到什么东西,衬衫上就会留下一道黄色的印子。

◎千岛湖舰结束访问埃及,码头上的欢送仪式(代宗锋　摄)

进入红海后，从沙漠吹来的黄沙不断地落在千岛湖舰上。白色的甲板蒙上了一层黄色，显得有些脏。

驾驶室外，湿热的风吹到官兵们身上，瞬间就会令人冒汗。阳光毒辣，紫外线强烈，汗一出，浑身几乎湿透。

“五星红旗迎风飘扬，胜利的歌声多么响亮……”熟悉而久违的歌声从红海之畔这座码头上传来，回荡在千岛湖舰每名官兵耳中。

是岸上迎接到访编队的人群，他们拉着红色横幅，统一穿着橘红色的衣服，排成长长的一队。

军舰慢慢靠岸，官兵们纷纷举起右手，向岸边前来迎接的华人华侨挥手致敬。

码头上的人群，他们的笑容是那样真诚，挥手是如此卖力。

后来，官兵们得知，为了迎接中国海军编队，许多华人员工特意坐了12小时大巴，从苏丹首都赶过来！

热火一般欢迎的热情背后，是细水悠长的思乡情和爱国情。

苏丹港水浅而狭窄，两万多吨的千岛湖舰像一个庞然大物，在港内掉个头都很困难。

一切都很顺利，意外出现在结束访问离港时。由于苏丹港的拖船操作出现失误，庞大的千岛湖舰向着防波堤直冲过去。

40摄氏度的高温下，所有人都惊出一身冷汗，大家都能听到码头上送行人群发出的惊叫。

潘志强临危不乱，站在驾驶室最前端沉着下令：“舰艇把住航向。”随后，一连串下了5个舵令，千岛湖舰仿佛被施了魔法，在距防波堤几十米的地方安然出港。

操舵班长朱文亮当时站在潘志强的身后,他说:“潘副支队长身姿挺拔,背影就像一座山一样让人安心。”

逆风航行,航速17节时,海面浪高1—2米。深蓝色的海面被战舰劈开,激荡出细碎洁白的浪花,被海风和阳光料理成一种飘逸随性的美丽。

远处海面上,云朵投影之处,蔚蓝的洋面幻化成深蓝或墨黑的大小不一的各种形状姿态。逆风时的浪较之顺风之时,有着明显的差异,浪花细碎如雨如幕,轻盈摇曳变幻多端,飞花碎玉一般,让在甲板上一边跑步一边赏浪的水兵心也温柔起来。

在船上并不能特别明显地感觉出船向前时速度有多快。晴朗的白天,站在舰艉的飞行甲板上,低头一望,会发现高天上流云在甲板上的投影,飞也似的倏然而过。

只有涛走云飞,没有花开花落。大海中的浪不知疲倦地撞向船舷两侧,开出一朵朵不落的白花。

无论出海多长时间,潘志强都要每天坚持跑步,一个人在甲板上顶着烈日,一跑就是一个多小时,时间长了就成了官兵眼中一道独特的风景。

在这次护航和环球航行任务中,152舰艇编队抵达澳大利亚以东海域,这是潘志强海上长跑的第250天。

这一天,他第一次感到跑步有点力不从心,身体的透支感越来越明显,毕竟长时间海上生活对体能的消耗巨大。

但潘志强没有停下脚步。他深知,大洋上的恶劣环境对人的意志和身体都是严峻考验。作为一名指挥员，他不仅要锻炼身体，更要为全体舰员立起一个坚强的坐标。

跑不动了，那就边跑边走。甲板上，官兵们每天下午仍然能看到那个坚强的身影，这个身影也成了对疲劳的官兵们一种无声的激励。

有什么样的舰长，就有什么样的水兵。在千岛湖舰一任又一任舰长的带领下，一代又一代千岛湖舰舰员在风浪中成长，收获着人生最美的风景。

在这次环球任务中，给千岛湖舰机电部门机修班长朱希留下印象最深刻的地方，就是位于法国西海岸和西班牙北海岸之间的比斯开湾。

编队在经过风平浪静的地中海、直布罗陀海峡，进入大西洋后，明显感觉到了什么叫作“无风三尺浪”。在进入比斯开湾后，直接就是狂风巨浪。

在国内的时候，朱希就听战友们说过，比斯开湾的风浪令人闻之色变。在经历过马航搜救之后，他自认为这些风浪不值一提。

但当千岛湖舰真正航行到比斯开湾的时候，朱希才知道，什么叫无知者无畏。

在这里，朱希和战友们狠狠地吃了一顿苦头：舰体左右摇摆20多度，大部分舰员已被晃得晕头转向，少部分能自主行走的人，随着舰船向右摇摆20度，大家就向左倾斜20度，摇摆得比部队训练军人“齐步”还要整齐划一。

编队官兵胆战心惊，毕竟穿越比斯开湾这个被世界海员称为

“坟墓”的地方,需要各个值班部位的同心协力。朱希和战友们经受住了考验,没有一处值班漏班,没有一处站位没人。

有人说过“没有航行过好望角、比斯开湾的海员不是真正的海员”。领教了比斯开湾的涌浪和风暴,朱希才体会到什么是真正考验舰员意志的地方。

有人问朱希:“你们不怕比斯开湾的大风浪吗?”他回答:“国家的职责重于一切,只有勇敢面对,什么大风浪都成不了气候。”

在驶离比斯开湾后,千岛湖舰很快就到达了英吉利海峡、北欧。那里风平浪静、海天一色的景象,与比斯开湾形成了鲜明的对比。

一浪高过一浪的海潮,洗涤了朱希的心灵。经历大风大浪,才能海阔天空。能够读懂生命的渺小,才会悟彻一幅画作“画龙点睛”的妙笔。身为中国水兵,在远海大洋里完成自己的使命,在日日夜夜的航行中,没有哪一个舰员不是在飘摇里靠岸,没有哪一个舰员不是在劈波斩浪里升华。

这次历时300多天的长航任务,也是女大学生直招士官郑雅莎来到千岛湖舰后出海时间最长的一次。

漫长的航行,报务岗位上连续昼夜大强度的值班,一度令郑雅莎产生了烦躁、苦闷的不良情绪,甚至影响到了平日的值班。

直到有一天,千岛湖舰为一艘特殊的帆船进行了连续4天的伴随护航——“2015重走海上丝绸之路”的“东南卫视”号帆船。

靠港休整时,郑雅莎登上帆船参观交流。她了解到,领航人翟墨,就是曾驾驭帆船进入钓鱼岛3海里处,撒下100面中国国旗的航海家。

为了再次挑战自己、回顾历史并延续海上丝绸之路的精神，翟墨和船员们挤在狭窄的住舱吃着罐头干粮。遇到大风浪，他们经历了难以想象的艰苦危险，但仍然乐在其中。

那一刻郑雅莎深受启发，“我突然想到了，当初自己为什么来当兵，也明白了，能在遥远大洋为祖国护航，是一件多么神圣而光荣的事情”。

（三）走出去，才知道“中国制造”的含义

许多参加过2015年环球访问的千岛湖舰官兵，都知道这样一个故事——

编队到访古巴，受到极高规格的礼遇，活动安排得满满当当。活动最高潮，是安排在古巴革命武装部大楼的文艺演出。

宽敞的演出大厅里，座无虚席，600多名编队官兵翘首以待。古巴军方请来了古巴最有名气的合唱团和歌舞团。大使馆的工作人员告诉官兵们，古巴歌舞平时只在晚上为观众表演，为招待中国海军大白天上台演出，这应该是头一次。

有个特别漂亮的古巴海军女军官参加了中外海军交流活动。当时，千岛湖舰的官兵们大家都想争着与她合个影。

在场的古巴海军司令员貌似玩笑却又十分认真地说：“送给你们了！只要你们将济南舰或者益阳舰留给我们，随便你们要什么都可以。”

看似无心的幽默之语,实则是深深的羡慕和对海军力量的渴求。

走出去是国力的彰显,是大国外交的基石。2017年,中国海军舰队首次到访英国首都伦敦。第一次出现在泰晤士河畔的中国战舰,挂满彩旗,全副武装的舰艇官兵整齐肃立。

中国海军综合补给舰“高邮湖”号和护卫舰“扬州”号“黄冈”号靠泊的港口旁边,被当地居民喷涂上了英国的古代风帆战舰。

一边是中国海军的新型万吨巨舰,一边是英国的古老风帆舰。照片传到网上,英国人民痛心疾首:何时大英帝国的海军没落到如此地步?

而这些声音中也带着许多不可思议:何时中国海军的实力竟然如此强大了!

原来,中国海军这些年走出去的影响力是这么大!这不禁令千岛湖舰官兵想起2010年首次访问阿联酋时的一个真实故事——

那是中国海军舰艇编队首次进入波斯湾。在这个具有重要历史意义的一天,千岛湖舰迎来了驻地女子学校的师生们参观。

在翻译的引导下,他们来到了甲板住舱逐一参观。参观间隙,一位女学生突然问了这样一个问题:“这么大的军舰,你们是租哪个国家的?”

“这是中国自主研制的大型补给舰。”听到翻译的解释,参观的师生们都不约而同地竖起了大拇指,并充满了敬佩的眼光。

一时间,一种强烈的民族自豪感油然而生:看到外国人对“中国制造”竖起大拇指时,才明白国家的强大意味着什么。

(四)一次环球访问,“打卡”世界三大运河

这是举世闻名的人工航道新苏伊士运河与千岛湖舰第一次“邂逅”——

2015年9月1日凌晨,在引水员的引导下,千岛湖舰加快速度,很快到了陶菲克港。

辽阔的水面上,左边有龙门架和一些建筑,右边有一个入口,苏伊士运河便是从这里向北延伸。

航道两侧,都是漫漫黄沙和正在施工的作业场景。新的苏伊士运河工程,包括了新开挖的35公里新河道,以及对原有37公里河道进行拓宽和加深,使之与新河道相连接。

新运河2015年8月6日刚刚通航,过往船只可以南北双向直通,舰船通行时间由原来的22小时缩短为11小时左右,航行效率大大增加。

千岛湖舰因为排水量大,被运河管理局安排在编队最前方。据说,过一趟运河并不便宜,三艘军舰途经此处,要缴纳50多万美元的费用。

向右调整航向后,千岛湖舰率先驶入苏伊士运河。进入运河后,航道明显变窄。这是中国海军舰艇首次在此航行。

下午,编队到达运河北口赛德港。驶出港口,海面豁然变宽。千岛湖舰官兵一起欢呼:“地中海,我们来了!”

世界上有三大著名运河——埃及的苏伊士运河、巴拿马境内

的巴拿马运河和德国境内的基尔运河。

1895年就已经建成的基尔运河,又称为德国的北海—波罗的海运河,位于德国北部,西起北海之滨,向东到达波罗的海沿岸的基尔港。运河宽103米,深11米,过河船舶最大允许吃水为9.5米。

不经意间,千岛湖舰女兵郑雅莎又一次见证了中国海军舰艇首次通过基尔运河这一历史性时刻——

2015年10月12日,前往环球访问第7站葡萄牙里斯本的千岛湖舰通过基尔河,由北海直接进入波罗的海。如果绕道丹麦海峡,将多走20多个小时近370海里的航程。

进入运河后,千岛湖舰循着涟漪向前开进,顺次穿过河上7座净空高度达42米的高架桥梁。

郑雅莎在甲板上看到,桥上的德国人兴奋地朝中国军舰挥手打招呼,还拿出手机来拍照留念。平时,他们可能很少见到军舰从运河中航行,中国海军的军舰更是第一次。

11月18日,千岛湖舰首次随编队从加勒比海通过巴拿马运河,进入太平洋。至此,郑雅莎一次环球访问"打卡"三大运河,成为她水兵生涯中难以忘怀的一次神奇之旅。

巴拿马运河位于美洲大陆中部,是一条船闸式运河,全长81.8公里,共设三道船闸,全程最快需要9小时左右。它的开通使太平洋和大西洋之间的航程至少缩短了5500海里,因此被称为"世界桥梁"。

中国海军舰艇首次通过巴拿马运河是2002年——导弹驱逐舰青岛舰和综合补给舰太仓舰进行第一次环球访问,途经此处。

时隔13年，中国海军152舰艇编队环球访问，再次通过巴拿马运河。

当时的郑雅莎没有想到的是，千岛湖舰通过巴拿马运河的2年后，2017年6月，巴拿马共和国与中国正式建交！

中国外交部长王毅说："160多年前，搭载着第一批华人的船只历经艰辛，抵达太平洋彼岸的巴拿马，开启了双方交往的百年沧桑历程。160年后的今天，中巴友谊之船在历经风雨波折后驶入正确航道，迈向新的征程。"

运河成就了巴拿马的历史；如今，中国的"一带一路"连接运河，将更加畅通巴拿马的未来。

◎郑和舰通过苏伊士运河（代宗锋　摄）

中国海军和平方舟医院船,先后四次通过巴拿马运河,向世界传递和平与友谊。

中国海军走向世界,展示的是和平崛起和国际担当。百年巴拿马运河,如一位世纪老人,见证了中国海军走向深蓝的步伐。而作为中国人民的和平使者,会有越来越多的中国海军舰艇像千岛湖舰一样航经巴拿马运河,走向更加广阔的世界舞台。

(五)千岛湖舰官兵眼中的环球掠影

奇妙的缘分!

2015年9月25日,千岛湖舰随编队来到了"千湖之国"——芬兰。

芬兰,内陆水域面积占全国面积的10%。首都赫尔辛基濒临波罗的海,有"波罗的海女儿"的美誉,是芬兰的政治、经济和文化商业中心,也是芬兰最大的港口。

北欧的9月底,已是深秋。赫尔辛基的天空被厚厚的云层遮住,太阳光稀薄得可怜。冷风掠过官兵们脸上,顿觉生疼。而码头上,近六百名欢迎人群已经在冷风中等待了两个多小时。

9月28日,是舰艇开放日。当地华侨和民众早早排起了长龙,等待参观中国海军舰艇。直到中午11点多,码头上等候的人群仍是熙熙攘攘。

当天,有超过3000人参观了千岛湖舰、济南舰和益阳舰。据统计,这是近年来世界各国海军到访他国举行舰艇开放日一天内参观人数最多的一次。

芬兰人民对中国海军的首次到访充满了热情和兴趣。不知不觉间,编队与芬兰民众一起创造了一项纪录。

相知无远近,万里尚为邻。在北欧斯堪的纳维亚半岛东部,是北欧最大的国家瑞典。瑞典是与新中国建交的第一个西方国家,两国友谊源远流长。

9月30日上午,编队抵达瑞典领海,千岛湖舰稳稳前行,从辽阔海面进入狭长水域,驶向瑞典首都斯德哥尔摩港口。

这一次,千岛湖舰帆缆班长潘逸锋印象最深刻的事,就是千岛湖舰没有靠泊斯德哥尔摩港码头,而是在码头的水域中间抛锚。因为,刚从芬兰加满了水和油的千岛湖舰艇吃水比较深,在码头停靠会有搁浅的风险。所以,千岛湖舰官兵上下岸,只能靠一艘随时待命的小船来回"摆渡"。

中国海军舰艇首次访问瑞典,恰逢新中国成立66周年。古老而年轻的斯德哥尔摩港,见证了中国海军这次具有历史意义的破冰之旅、和平之旅、友谊之旅。

尽管天气寒冷,但10月3日开放日活动现场十分热烈。瑞典政府、军队高官、各界人士、华人华侨、留学生代表500多人出席了这场别开生面的"甲板上的约会",现场响起了熟悉的《军港之夜》。

10月7日,在中国和波兰建交66周年的特殊日子里,千岛湖舰随编队抵达波兰格丁尼亚港口,开始了为期5天的访问,这也是中国海军编队第一次到访波兰。

波兰,是最早和新中国建交的欧洲国家之一,中波两国的友谊有着悠久的传统。2015年,中国海军编队还曾帮助波兰公民从也门撤回。对此,亲临码头参观中国海军舰艇的波兰国防部长表示了由衷的感谢和赞赏。

10月10日举行舰艇开放日,恰逢周末,千岛湖舰的驾驶室里,挤满了前来参观的当地民众和华人华侨。军官崔正尉接受了《欧洲时报》的采访。当记者听说千岛湖舰能为济南舰和益阳舰支撑一年的资源补助时,连连发出惊叹。

向西,向西!穿过基尔运河和英吉利海峡,2015年10月17日,千岛湖舰随编队来到了环球访问在欧洲的最后一站——葡萄牙里斯本。这是中国海军舰艇编队第三次到访葡萄牙。

历史上,葡萄牙以发达的航海事业而声名远播:开辟新航线的著名航海家达伽玛是葡萄牙人,首次完成环球航行的航海家麦哲伦也是葡萄牙人。他们在航海历史上的贡献,是人类历史上永不磨灭的篇章。

今天,能亲自踏上这片神奇的土地,千岛湖舰时任舰长涂金虎感触颇多。

没有闪电,没有雷鸣,忽然之间,黑云压城,瓢泼大雨从天而降。里斯本码头上拉着横幅举着红旗的人们赶紧躲到了屋檐下。

千岛湖舰舱面上,穿着救生衣作业的水兵们,顾不上满身的雨水,紧张地带缆系缆,忙着靠泊码头。

岸上欢迎的华人华侨走出屋檐,穿着红衣、打着腰鼓欢迎中国海军官兵。打腰鼓的大姐们不顾雨水打湿头发衣服,一个个兴高采烈,踩着秧歌舞步,有节奏地敲击着腰鼓。

后来，官兵们才从大使馆得知，其实之前一位腰鼓队的队员在排练时，心脏病突发，不幸去世。其他队员忍着悲伤，坚持排练，就是为了以最好的状态迎接祖国舰艇编队的到来。

得知这一波折后，舰上的官兵们无一不被她们感动、感染。

2015年12月23日9时29分20秒，千岛湖舰鸣响汽笛。

此刻，赤道上的太平洋一片宁静，湛蓝的海水，强烈的阳光，灼热的海风中回响着浑厚的汽笛声。

那一天，编队的千岛湖舰、济南舰、益阳舰恰好经过了赤道与国际日期变更线的交叉点。为了纪念这个特殊的时刻，编队举行了一个简短而特别的仪式。

千岛湖舰飞行甲板上，身着洁白军装的郑雅莎和战友们整齐列队。

30秒鸣笛后，值更官在广播中倒数："10，9，8……"倒数结束，官兵们一阵欢呼："我们从23日直接跨越到24日啦！"

编队指挥员与政委将四个漂流瓶投放到大海中。漂流瓶纸条上用中英文写着——

中国海军第二十批护航编队……于公元2015年12月23日9时30分，航经赤道和国际日期变更线交叉点，由北半球进入南半球，由西半球进入东半球，特此纪念，并向有幸获得漂流瓶的朋友致以美好祝福，祝您心想事成、全家幸福！

世界和平，是我们人类共同的梦想。郑雅莎在心中默念：不知道这些漂流瓶会随着海浪漂向何方，又会是谁在何时何日何地能捡到它……

(六)走向世界的步伐

300多天的护航和环球征程,千岛湖舰官兵充分感受到身为大国海军的自豪——

被护船舶打出最多的巨幅标语是“祖国万岁”,外国民众参观到访舰艇后的感慨是“军舰真棒!”华人华侨登舰参观时最激动的话语是“有强大的祖国做后盾,我们觉得浑身充满力量!”

深蓝大洋见证了人民海军的转型,也目睹了海军官兵走向世界的步伐。驻吉布提武官纪明周接待过中国海军的多批舰艇,他最大的感触是:“与几年前相比,官兵们对外交往少了一份羞涩,言行举止越来越自信,越来越得体。”

编队访问瑞典时,当地媒体和民众对第一次到访的中国海军十分好奇。通过几天接触,官兵们流利的英语、对公共秩序的自觉遵守、极强的环保意识给瑞典人民留下深刻印象。

舰艇开放日那天,不少瑞典民众慕名上舰参观,码头上排起两百多米的长队。瑞典海军一名官员称赞道:“中国海军官兵本身就是一道亮丽的风景。”

博士万林曾在千岛湖舰上任副舰长,回忆起官兵们第一次出国时还要随身携带中英文防丢卡片的场景,他略带调侃地说:“像乡下小子第一次进城一样。”

“走出国门,军舰就是一张国家的名片,每一名官兵都是军队形象代言人。”千岛湖舰决定从提高官兵的国际素养入手,开展了国际交往礼仪、英语口语、国外风俗文化等知识的学习培训。

执行第20批护航和环球航行任务前，千岛湖舰政委崔亚东帮潘志强搬行李，搬上来一大箱子书。潘志强不仅自己学，10个月的海上生活中，他还发展了舰长涂金虎、政委崔亚东等一大批“读友”。

千岛湖舰每周三晚上的英语角，也是潘志强10多年前当舰长时组织的，至今仍开办得红红火火，舰上的水兵都能用英语与外军对话。

潘志强说，人民海军走出去，语言不能成为走向世界的障碍。

早在2010年的一次护航任务中，千岛湖舰信号班长沈振华就受领了一项特别工作——为一同参加任务的10名女兵当国际信号专业教员。

刚一上舰，沈振华就听说她们中有人过了英语六级考试。在亚丁湾，中国海军和外军舰艇、飞机以及外国商船进行通信时，均采用《国际标准航海用语》。这个可和普通英语根本不是一回事儿。因此，他从每一个字母代音开始再到每个句子，对她们进行系统专业训练。果然，因为她们英语基础较好，学习起来非常快。

一次，沈振华正带着女兵杨艳在驾驶室守值。突然，一艘瑞典籍商船通过甚高频与千岛湖舰联系，表示想加入护航编队。沈振华开始与对方用英语进行沟通交流。

谁知，过了一会儿，杨艳扑闪着一双大眼睛，目不转睛地盯着沈振华问：“班长，您是山东人吧？”

“对啊！你怎么知道？”沈振华不解地看着杨艳。

“您的英语发音是山东腔,跟我大学老师的发音很像。”杨艳接着说,“班长,我觉得,您的英语发音应该改一改。英语不像汉语,发音时如果腔调不准,很可能造成对方误读误解呢。”

这话听起来令沈振华很不是滋味:“当兵十几年,我在海上与国际商船交流了几百次,啥时候有过国际影响、耽误过工作啊……”

沈振华后来仔细一想,杨艳说的还真是那么个理儿:这些年,自己的专业英语一直是靠自学,从来没有人帮助纠正发音。他又回想起一件事——

一次,某国一艘军舰距离护航编队较近,由于随舰翻译询问时语言没有组织好,使该国军舰产生误解,一直尾随编队航行。后来,还是沈振华及时按照国际通用信号要求,向对方发出旗语:“我是中国海军护航编队,正在执行护航任务,祝你们航行顺利!”

五颜六色的旗帜在空中飘扬,悬挂在银灰色战舰的高端,格外鲜艳夺目。看到千岛湖舰的旗语,该国海军信号兵很快明白了其中的含义和友好的祝福,并将回话用英语发往千岛湖舰:“我是×国海军,祝你们航行愉快,再见!”

杨艳的英语基础非常好,是标准的伦敦腔,口语溜得就跟外国大片中似的。“现在,身边有这么个好老师,何不让她给我补补课?”沈班长想。

杨艳也不含糊,耐心地教了沈班长20多种发音技巧,还帮沈班长制订了一套从基本字母发音到听说读写的学习计划。在她帮助下,沈振华的英语口语水平有了很大提高。

交流增进理解,理解加深信任。正在走向深蓝的中国海军向世界敞开胸怀，才能更好地展示中国海军的发展成就和过硬军人素质，表明中国海军维护世界和平和加强军事交流合作的鲜明态度。

如今，千岛湖舰涉外交流基本依靠自身独立完成，不再需要外请翻译。他们还主动开展礼节性互访、参观见学、甲板招待会等外事活动，成为传播中华文化、增进和平友谊、展示军队形象的“明星窗口”。

尾声

闪光的航迹，逐梦的旅程

就在波涛汹涌的海面上，一只海鸥杂技般地紧贴海面迎风飞翔。海风掀起的巨浪仿佛随时能将它吞噬，但海鸥始终与巨浪保持着固定的距离，丝毫不惧怕巨浪的威胁。

正如这只海鸥一样，只要还活着一天，它就必须飞下去，只因它生来的宿命就是在风浪中飞行。

徐永才明白，既然选择了广阔的海洋，即使逆风，也要飞翔。就像自己和许许多多千岛湖舰官兵一样，既然选择了驶向深蓝，就要在追梦之路上继续航程。

乘风破浪会有时，直挂云帆济沧海。任其风云千般改，总须英雄成沧海。万里之疆长剑开，亿重之浪利舰采。热血终当沸而腾，壮士心应慷其慨。联训演之盟约，合救援而相顾。护亚丁之商船，惟正义以奔赴。淬钢铁之意志，友睦邻而守护。

——写给“远洋补给标兵舰”千岛湖舰

◎远航中的千岛湖舰（代宗锋 摄）

太平洋东部某海域，海面一片平静。千岛湖舰的官兵在甲板上朝前张望着——

远处,隐约出现了一艘船舶,渐渐地,船舷上的红十字映入大家眼帘,是我们的“和平方舟”号医院船!

原来,2015年11月,执行“和谐使命—2015”任务的和平方舟医院船刚刚结束对墨西哥的医疗援助任务,与执行环球访问任务的千岛湖舰、济南舰和益阳舰在太平洋“不期而遇”。

“分区列队人员就位!”官兵们在舱面站好,等待着“和平方舟”号的到来。

近了,近了! 海天之间,和平方舟洁白的舰体在阳光照耀下闪着光芒,映衬得红十字更加鲜艳。

千岛湖舰向和平方舟医院船鸣笛回应。一声声汽笛,在太平洋海域响起,为中国海军舰艇在远海相遇会面而庆祝。

此刻,在千岛湖舰上担任编队保障指挥所指挥员的潘志强感慨万千。曾经,走向深蓝,是中国海军的一个梦;如今,它不仅在中国舰艇的一次次闪光航迹里一步步变为现实,更在一次次远海会面的追梦航迹里变得愈发清晰和深刻。

老兵王至友对时间的记忆格外敏感,他能够脱口而出每一次远航出航和靠港的日子。他觉得,“每个日子都独一无二,每个日子都值得珍藏”。

对这名老水兵来说,那些出航与靠港的日子,标定的是他的军旅、他的人生;但对于千岛湖舰来说,这些日子,都成为它创造新时代的有力注脚。

追梦航程上,千岛湖舰文书汤琪,尤其忘不了他第一眼见到千岛湖舰时的震撼——

2012年毕业季,正当汤琪迷茫于找工作还是读研究生的时候,父亲突然问他愿不愿意去当兵。因为爸爸和外公都是军人,汤琪从小看到他们的军装照就觉得无比帅气。思考再三,他最终决定背上行囊走进军营,成为一名直招士官。

当汤琪第一次在船厂看到正在整修的这个庞然大物时,他惊呆了。

清晨把太阳拉到远方的地平线徘徊,甲板上的一切都显得生机勃勃。千岛湖舰上,不论是军官还是士兵,都如同民工一般挥汗如雨。他们头顶上的安全帽,配上蓝天白云显得格外耀眼。抬头仰望,他们在数十米高的脚手架上,身影仿佛在半空中飞舞。

追梦航程上,机电部门电工兵戴越脑海中印刻最深的是这样一个军礼——

那年,戴越还是一名在校大学生。当他踏上从军的列车,感觉到激情在燃烧,仿佛看到劈波斩浪的军舰正向自己驶来。

“咚咚咚……”是爷爷!爷爷站在列车窗外,举起那颤颤巍巍的双手,向他敬了一个标准的军礼。那一刻,爷爷那不再炯炯有神的双眼异常明亮,仿佛要向戴越传递些什么。

那是一份亲人间的期盼,一份爷孙间的嘱托,更是一种军人间的传承!

成为海军战士,踏上千岛湖舰,这一追梦过程并不轻松。一次爷爷在电话里问:“孩子啊,如果现在开战,我们能打得赢吗?”

假如战争就在今天爆发,就在此时开战,我们真的准备好了吗?戴越想起爷爷那个颤巍巍的军礼……

或许有人会说，一名普通的水兵能够做什么？在追随千岛湖舰驶向深蓝、守卫海疆的日日夜夜里，戴越更加坚信：战舰就是我们的家，万里海疆才是我们的舞台。

追梦航程上，报务班长李明还记得，自己对妻子说过的那句话——

“既然选择了，就知道会有这么一天，军人永远是先有国再有家。”那年，妻子刚刚生产完，孩子还没满月，他便开始执行任务。

千岛湖舰许多官兵的家属一次也没有进军港，更没有上过舰。她们不知道丈夫住了这么多年的“十人间”“八人间”住舱究竟是长什么样，也不清楚在舰上负责“保障动力”“保障航海”“保障通信”“负责补给”的岗位到底是干什么的。别人问起，她们就是这句话：“我老公是海军，在千岛湖舰上，又出海了。”

水兵一走，杳无音讯。

“在哪里？”

“出海了。”

“到哪里了？”

“就在海上。”

“到底在哪里？”

“就在海上……”

“不用骗我，新闻上都播了，你们今天上午到夏威夷珍珠港了！”

“这是你看到的，不是我说的啊！”

“跟你说话真累！”

于是，几次难得的越洋电话后，家属再也懒得问他们到底去哪里执行任务了。

问了也白问,还不如看电视上的军事新闻和时事要闻——

哪天中国海军舰艇编队到了哪里,千岛湖舰干了什么,一清二楚。

追梦航程上,水兵的柔情牵挂千万里。千岛湖舰观通部门吴志国曾写过这样一首小诗——

那个被我称为家属的人,
你的秀发拂过我迷彩的青春。
那个户口本上领衔户口的人,
你用柔弱的双肩扛起家的重任。
那个被我称为家属的人,
崇高的寂寞让我们心手相印。
那个生日卡上的吻封缄的人,
聚少离多的日子也是那么温馨。
钢盔煮酒是军人的本分,
带着你的梦想我向深蓝挺进。
行囊装满你温柔的牵挂,
再远的路都像刚刚走出家门。
即使有一天我们雪染双鬓,
你依然是我心中最美的女人。
等到有一天我洗掉征尘,
我要牵你的手走过晓月黄昏。

跟随千岛湖舰纵横四海后，航空部门航空长徐永才难忘那只风浪中的“海燕”——

那天，离开阿曼港防护堤的掩护后，狂风大浪接踵而来。

没有一点预警，千岛湖舰的船身开始左右摇晃，上下颠簸。这样的海况延续了一整天。

晚饭后，徐永才来到甲板上，海面浪花飞舞，海风扬起旌旗猎猎，舰体摇摆如风中树叶，在茫茫大洋一叶扁舟。

就在波涛汹涌的海面上，一只海鸥杂技般地紧贴海面迎风飞翔。这是真正的超低空飞行，从甲板上看，它距海面只有几厘米，海风掀起的巨浪仿佛随时能将它吞噬。

而海鸥凭借超高的飞行技能，在起伏不定的海面上上下翻腾，始终与巨浪保持着固定的距离，丝毫不惧怕巨浪的威胁。

片叶不沾身，滴水不湿羽。恰逢此时，只见它如入万军之中，势如破竹，摆脱巨浪的追逐，直冲云霄，忽而顷刻间一个从容的转身，劈风斩浪向海面俯冲。它原先伸展的翅膀急速聚拢在身体两侧，像一枚从天而降的鱼雷高速入水。

紧接着，在海鸥入水处，跳跃出无数的小鱼。原来，它在捕鱼！这就是它冒着狂风在海面追逐的原因——先是紧贴着海面寻找鱼群，而后从空中出击，一击必中。

战友们皆被它那国宝级的飞行表演所吸引，纷纷掏出手机记录着精彩的瞬间。王班长过来说道：“这只海鸥，自离码头起就一直跟着我们，已经飞了一天了，不知它累不累？”老王是性情中人，自然界这么残酷，又有谁会去关心一只鸟呢？

正如这只海鸥一样,只要还活着一天,它就必须飞下去,只因它生来的宿命就是在风浪中飞行。

徐永才明白,既然选择了广阔的海洋,即使逆风,也要飞翔。就像自己和许许多多千岛湖舰官兵一样,既然选择了驶向深蓝,就要在追梦之路上继续航程。

◎驶向深蓝的千岛湖舰（代宗峰　摄）

附录

千岛湖舰的护航日志

第一次任务:

任务时间:第三批2009年7月16日——2009年12月20日

出发地点:浙江舟山

护航兵力:

导弹护卫舰徐州舰(530)

综合补给舰千岛湖舰(886)

导弹护卫舰舟山舰(529)

以及2架舰载直升机和数十名特战队员组成,编队共800余人。

护航成果:共完成53批582艘中外船舶护航任务。回国途中访问马来西亚、新加坡,停靠中国香港。创造了首次和外军展开联合护航、首次在远洋和外军举行联合军演等多项新纪录。

第二次任务:

任务时间:第四批2009年10月30日——2010年4月23日

出发地点:浙江舟山

护航兵力:

导弹护卫舰马鞍山舰(525)

导弹护卫舰温州舰(526)

综合补给舰千岛湖舰(886)

导弹护卫舰巢湖舰(568,2009年12月21日抵达亚丁湾增援护航编队)

以及2架舰载直升机和数十名特战队员组成,编队共700余人。

护航成果:共完成46批660艘中外船舶护航任务,成功解救3

艘中外商船,接护获释船舶4艘。回国途中访问阿联酋、菲律宾,停靠斯里兰卡。创造了首次依法登临检查、首次接护获释中国台湾和外国商船等多项纪录。

第三次任务:

任务时间:第七批2010年11月2日——2011年5月9日

出发地点:浙江舟山

护航兵力:

导弹护卫舰舟山舰(529)

导弹护卫舰徐州舰(530)

综合补给舰千岛湖舰(886)

以及2架舰载直升机和数十名特战队员,编队共780余人。

护航成果:

共完成38批578艘各类船舶护航任务,接护船舶1艘,营救遭海盗登船袭击船舶1艘,解救被海盗追击船舶4次7艘,徐州舰还前往地中海为撤离中国在利比亚人员船舶护航。回国途中访问坦桑尼亚、南非、塞舌尔,停靠新加坡。创造了首次驰援千里接护遭海盗袭击船舶、首次武力营救遭海盗登船袭击船舶、首次为撤离我国驻海外受困人员船舶实施护航等多个新纪录。

第四次任务:

任务时间:第八批2011年2月21日——2011年8月28日

出发地点:浙江舟山

护航兵力：

导弹护卫舰温州舰（526）

导弹护卫舰马鞍山舰（525）

综合补给舰千岛湖舰（886）

2架舰载直升机以及80余名特战队员组成，编队共700余人。

护航成果：

共完成44批488艘中外船舶护航任务，其中包括世界粮食计划署船舶3艘，接护被海盗释放船舶1艘，营救遭海盗登船袭击船舶1艘，解救被海盗追击船舶7次7艘，救助外国船舶2艘。回国途中访问卡塔尔和泰国。

第五次任务：

任务时间：第十二批2012年7月3日——2013年1月19日

出发地点：浙江舟山

护航兵力：

导弹护卫舰常州舰（549）

导弹护卫舰益阳舰（548）

综合补给舰千岛湖舰（886）

2架舰载直升机以及数十名特战队员组成，编队共800余人。

护航成果：

共完成46批204艘船舶伴随护航任务，解救被海盗追击船舶1艘，深入索马里东岸武装接护遭海盗释放船员1次，为中外故障

◎护航编队航行在亚丁湾上(代宗锋　摄)

船舶提供海上安全警戒4艘次。回国途中访问澳大利亚和越南。

第六次任务:

任务时间:第二十批2015年4月3日——2016年2月5日

出发地点:浙江舟山

护航兵力:

导弹驱逐舰济南舰(152)

导弹护卫舰益阳舰(548)

综合补给舰千岛湖舰(886)

2架舰载直升机以及部分特战队员组成,编队共800余人。

第七次任务:

任务时间:第二十九批2018年4月4日——2018年10月4日

出发地点:浙江舟山

护航兵力:由滨州舰、徐州舰、千岛湖舰组成,携带舰载直升机2架、特战队员数十名,任务官兵共700余人。

护航成果:经过6个月海上连续奋战,航行3.6万余海里,顺利完成26批40艘中外船舶护航任务,展示了我负责任大国形象,确保了重要海上战略通道安全。其间,编队还远赴欧洲参加了德国"基尔周"和波兰海军成立100周年庆典活动,技术停靠希腊、西班牙、法国、意大利,进一步深化了国际军事交流合作,展示了我军威武之师、文明之师的良好形象,为祖国和人民军队赢得了荣誉。